吹上奇譚

1

美美與小立

吉本芭娜娜 著
劉子倩 譯

連續飄雪的第三夜　暖爐熊熊燃燒火焰
火焰飄搖如人形　你快回來　HO HO

雨雪紛飛的第四夜　深夜裡是誰來電
一定是陌生人打來的　你快回來

你快回來　立刻回來我身邊

雨停後的第五天早晨　在你出門後
我打開收音機聽新聞　萬一你出事了怎麼辦

〈Aurora B〉作詞：戶川純

這篇小說是我滿懷感謝向兒時熱愛的電影《鬼追人》（*Phantasm*）致敬。

因此，看過這齣電影的人或許會在閱讀過程中不時感到似曾相識或者笑出來，沒錯，就是你想的那樣。

「這個吹上鎮就像山海環繞的孤島，是個特別的場所，有很多奇妙的傳說。我們或多或少都能理解那些古老的傳說到底是怎麼一回事，也在長大之後明白大家想必是巧妙地把那些傳說轉換成故事讓自己接受。我是去了外地之後，才知道這裡是個非常奇特的地方。

當我回顧這個小鎮時，也會想起關於家人的痛苦回憶，因此我總是忍不住一再逃避，也很少和一起離開小鎮的妹妹談論此事。

上週，我的妹妹獨自返鄉，從老家消失了。

我能憑相當正確的直覺感到妹妹平安無事。但我漸漸開始不安。因為妹妹的個性有點莽撞。

妹妹果真平安無事嗎？有沒有什麼線索能夠助我找到妹妹？我不想失去妹

妹。如果妹妹就此一去不回，我會自責當時為何沒有跟她一起去，再也無法以平常心活下去。

這種時候，我陷入某種恐慌，自己也不知如何是好。我能支付的不多，因此只能預約短時間，提出這麼多問題，很抱歉。」

這些人據說擁有超厲害的靈能力，若要包下他們半天甚至一天，必須準備大把鈔票，只有具備雄厚財力和勇氣的人才能得到他們的服務，許多藝人和政治家都會從東京私下前來造訪……因為聽過那樣的傳聞，所以我相當緊張。

接電話的少女告訴我，如果是上午最後一小時，付我負擔得起的價碼即可。於是我心一橫預約了。我當時做夢也沒想到那個少女就是算命師本人。

這棟位於高地的房子，窗外已經開始瀰漫此地在初秋黎明特有的濃霧。霧氣接近中午依然縈繞不散，令我心情更迷茫。

不在這裡時本已澈底遺忘，但如今我又清晰想起，是的，這裡有時從夏季尾聲就會開始這樣起霧。

被這種從山那邊緩緩飄落如濃稠奶色的大霧包圍，腦子就會一片空白什麼都無法思考。懷念與憂愁溢滿心頭。那種虛無又美麗的感情異常強烈，只有自己內心情緒化的部分膨脹數倍。悲傷和幸福都被放大，內心世界遠比現實動態更真實。而且彷彿有什麼東西被吸去那邊，現實中的自己再也無法俐落地行動。

雖然從東京一路搭乘電車和巴士大約二小時便可抵達，但這裡並非大多數人會來觀光的地方。傳說中，在遙遠的過去，這個城鎮曾有通往另一個次元的門。

小鎮被層層波浪綿延起伏似的小山環繞，朝著海灣形成徐緩的坡道。海灣永遠平穩無波，澄澈如鏡，因此擁有鏡灣之名。沿著那個海灣，有漁港和小型海水浴場。白天海面反射波光粼粼，入夜後則有零星燈光散落。

這是個綺麗如珠寶盒的小鎮，但我想起時總是帶著悲傷的濾鏡。

＊

我爸媽在十幾年前發生嚴重車禍。

爸爸在那場車禍中過世，媽媽變成植物人。

因此小學時，我和異卵雙胞胎的妹妹小立，就被據說是我媽的遠房親戚，也因此成為爸爸好友的一對夫妻——在此地經營手工冰淇淋店的兒玉叔和他太太雅美姨收養。

之所以說「據說」是親戚，是因為我媽的過去充滿謎團，有太多我媽自己和我們都不清楚的部分。

兒玉叔是個勤快篤實的人。

他的相貌平平，頭頂已經禿了卻把後腦勺留長的頭髮綁成馬尾，因為愛吃甜食挺著大肚子。

對於滿腦子只想做出美味冰淇淋的兒玉叔，身為妻子的雅美姨是崇拜又溺愛，因此她似乎在心裡不耐煩地嫌棄我們姊妹「到底要住到什麼時候」。

因為深刻感受到這點，我們住在兒玉家的滋味絕對談不上舒服，可我媽也毫無清醒的跡象，因此我們姊妹在十八歲那年離開了這個小鎮。

*

妹妹小立比較像我們的暖男爸爸，有雙黑白分明又可愛的小眼睛。圓臉的下巴線條也和爸爸一模一樣，個子比我還矮，如果用動物來形容，她就像小松鼠。

簡而言之，她是最受日本男人歡迎的類型，就像卡通會出現的那種可愛少女的風情。

本業是洋裁和設計的她，穿的衣服全是自己做的，但那些衣服都是簡單樸素的顏色和形狀，令人忍不住想笑她是美國的阿米許人。「啊，原來是小立啊。太不起眼了，我還以為是一棵樹」是我平時經常調侃她的說詞。

至於我，嚴格說來偏好中性化服裝，滿臉雀斑，素面朝天。略帶褐色的頭髮剪到齊耳，留著妹妹頭。

我總是牛仔褲搭配帽T之類的服裝，身體像橄欖樹一樣纖細，幾乎是平胸。不是我自誇，我只有臉蛋像我們那個丹鳳眼的美女媽媽。可我不像身材曼妙的媽媽那麼性感。我喜歡運動，興趣是桌球和拳擊。因為個子矮，無緣加入籃球隊或田徑隊。

毒舌的朋友們說我們姊妹像搞笑女藝人「尼神交流道」的成員「誠子和渚」，我覺得太過分了。至少該用「宮崎葵和二階堂富美」（因為年齡和身高相似）來比喻才對。如果說我倆各有「清純的氣質和略帶狂野的氣質」或許是最傳神的說法吧。

總之我們的外表，就是這樣。

*

我們把車禍後沉睡不醒的媽媽交給故鄉的醫院照顧，在沒有奇怪的傳說也沒有不能深究的話題，可以做個無名氏的東京某間小公寓，盡情享受少不更事的大學女生夢想中的二人生活。

而且打從心底相信那樣的日子還會持續許久。

我以為那樣的生活毫無問題，就算哪天回到故鄉，想必也會再找一間和小立同住的房子過著類似的生活。

人生的前半場發生太多事，因此我以為就算接下來這樣生活到死，這樣的人生也已足夠。

*

我一口氣說出種種事情後，長髮少女靜靜頷首，對躺在一旁的老太太耳語。

老太太躺在有頂棚的美麗大床上，身穿漆黑的厚重棉布洋裝。洋裝不是絲質也不是化纖而是棉布，有種奇妙的真實感。

床鋪一端升起，令她的頭略為抬高，少女彎腰靠近時，那散發神祕氛圍的美麗櫻唇正好位於老太太的耳旁。

老太太身上蓋著輕飄飄又柔軟的淺藍色喀什米爾毛毯。床邊桌的水晶花瓶插滿許多碩大的紅玫瑰。從那裡隱約飄來鮮活的芬芳，就像美人身上若有似無的香水。

少女說：「由我翻譯她的靈言，轉達給你。這就是我們做的靈能諮商。」

有生以來，我從未進入這樣大而無當放眼所及都是高級建材的豪宅，因此已經被震懾得啞口無言。

灰白相間帶有條紋的厚重大理石，精緻的淺色威尼斯玻璃製成的巨大水晶吊燈，還有織花圖案精細得前所未見的厚實地毯。是地毯店會掛在最後方牆上的那種高級貨。鐵定要價數百萬甚至上千萬。

窗簾一看就是很好的布料，層層垂墜的皺褶格外厚重，下方的白色蕾絲隱約鏤空如蜘蛛絲晃動，好似給窗戶整體添加刺繡形成美麗花紋的剪影。

這些只在電影裡見過的東西看得我目眩神馳。

我在想，這些在寂靜中呼吸的東西散發的活氣究竟是什麼？一切都經過精心打理，沒有被人冷落棄置。室內的所有事物彷彿自有生命。

躺著的老太太突然小聲囁嚅嚇了我一跳。因為她看起來實在不像還有意識。

「你相信嗎？」

轉述老太太的說詞時，少女的聲音變得格外冷漠無情。

少女的眼睛下方，簡單用一筆勾勒出和那黑白分明的大眼睛一樣大的藍色星星。那個位置和設計看似隨意，卻擁有完美的平衡感。那顆藍星星彷彿在宣告，如果不在這個位置就無法使出魔法。

「別看我們這樣，其實是雙胞胎姊妹。為了得到這種力量，我們其中一人一輩子都無法長大，另一人卻變成老太婆的模樣。因此其實我倆的年紀相同。當我姊姊的肉體死亡時，我也會以這個模樣死去，我們的工作屆時會全部結束。如今，姊姊住在沉睡的世界，只能聽懂我說的話，並且從沉睡的世界找出對客戶很重要的某種訊息。那些訊息是正確的。因為在沉睡的世界，一切都互相關聯。」少女說。

「我還無法決定是否要相信，但我想我理解了。」我點點頭說。

因為實在太詭異，我甚至想祈求，但願這對姊妹花的生意其實背後有個名製作人操刀，這些都只是布景，一切都是捏造的故事。

彷彿靈魂最深處都被看穿有種忐忑感，如果待在這裡，無論發生任何事甚至被殺都不足為奇的緊張，令我身體也變得僵硬。室內每個角落都有靈氣似的某種濃厚物質冉冉升起，令我明白這是個特別的場所。

雖然這次來算命自己也很矛盾，但是單看網路上完全沒有這些人的資訊便可知道，這裡有強大的勢力撐腰。

來這個被稱為「彩虹之家」的地方找這對姊妹算命，被本地人稱為「最後手段」。我明明完全沒有經歷過必須使出最後手段的階段，卻直覺一定得來這裡。而且真的來了。個性莽撞的不只是小立，「我」──「兒玉美美」其實也是。

「不相信也無所謂。我們全靠那種能力得到現在的生活。這只是測試一下你內心能夠接納未知事物的柔軟度有多大。」

少女的眼神彷彿要看穿我的內心，定定望著我。躺著的老太太再次小聲說話。這次的內容有點長。用的是我完全不知道是哪一國的語言。

「最大的問題是——」

少女說到這裡暫時打住。我認真等待。

「關於令妹，換言之關於不想失去所愛這點，你太拚命了。你的擔心方式超乎尋常。就你的過往經歷看來這或許是難免的，但是能否真正察覺那種用力方式過於異常，才是找回你人生的重要關鍵。

如果沒有從根本療癒你的心，你與生俱來的能力——爽朗的好個性和直覺靈敏的才能就無法發揮。將來一旦有了愛人或孩子，只會更痛苦。你的人生將會無異於在痛苦與不安中打滾就此緩慢死亡。當然，人生不管怎樣都是緩慢步向死亡，但是你如果沒有發揮本來的才能就死掉，我們身為某種諮商師實在看不過去。這是我們的天職，因此哪怕只見到一面，我們也無法對那個人見死不救。」

她說得對極了，我抱著彷彿已被她的力量狠狠擊垮的心情思忖。

這正是我的問題。

妹妹如今的失蹤在表面上當然是嚴重問題，但是根底還有個膽怯幼小的自己。我顯然說什麼都不願意去面對那個。

「很遺憾令尊已不在這世上了。令堂也因為那場車禍罹患沉睡病始終沒有好轉。我姊姊也是同樣的病，這是此地特有的風土病。這種病成了本地的禁忌，目前還有好幾人已經沉睡了幾十年依然活著。幸好我姊姊借助特殊的力量還能這樣工作，對她也只需做到最低限度的看護工作即可。

令堂非常美麗且強大。也很幽默，樂觀進取，是很迷人的女性。美中不足之處就是有點花心。你們的親生父親不在家時，她有過幾個情人還找好能夠撫養你們的備胎。因為她愛玩，個性活潑。」

我直視她點點頭。

「而令妹，是為了確認自己是半個異世界人，也為了求證令堂醒來的可能性，才會回到這裡。令堂曾經從沉睡中醒來過一次。所以和其他病人不同。如果事先告訴你，你一定會自告奮勇要幫忙，所以令妹才會沒告訴你詳情就自己回來吧。」

她爽快地如是說。

「怎麼可能……！你所謂的異世界，是宇宙的外星球嗎？還是異次元？又或者是地底世界？我也知道本地有種傳說，說這裡有不可思議的洞通往另一個世界。還有，我也知道那件事和沉睡病多多少少成了本地不可說的禁忌。可是我從不認為那和活在現代的我們會有什麼關聯。我媽住的病房的確位於醫院比較特別、不太起眼的病棟。據說目前無藥可醫。那和普通的昏睡不同，新陳代謝和體溫都會變得很低，因此看起來也不大會老。而且我聽主治醫生說，她將會慢慢死去，已經不可能醒來了。」我說。

每次和別人說到我媽，總是會眼前發黑。

即便是此時此刻，也會讓我清晰想起我媽在沉睡的世界。

她淡定地繼續說：

「地球上有好幾個通往異世界的入口，此地湊巧也曾有過那樣的入口。那個入口通往的地方，稱為外星球或異次元想必都一樣。因為它就只是在那裡。誰也不知道那是什麼。文化文明科學也沒有太大差異，只有一個和別的世界相通的入口，古時候的人接納了那個，之後到了某個時代入口關閉再也無法相通罷了。據說入口是在明治初期關閉的，但那本身並不是太大的問題。

令妹很愛你，還對你提出忠告喔。她叫你不要老是吃冰，要好好吃正餐。令妹的意識經常來到你身邊。

為了讓你相信我們的靈能力，我就再多說一句吧，令妹說你借用的那枚戒指要送給你。她說，是那枚飯糰土耳其石。」

我的淚水霎時奪眶而出。

戴在我手上被小立戲稱為「飯糰土耳其石」的三角形寶石戒指，小立素來當成護身符，像是攸關性命似地隨身佩戴。

臨別時借給我之後還沒碰過面，所以一直沒有還給她。

「我本來想著妹妹如果死了，那我也死掉算了。」

意外脫口而出的這句話威力強大，我再也止不住淚水。想必連我自己也沒有意識到我有多麼思念小立。少女只是默默等待我停止哭泣。她那種沒有特意等待的等待姿態讓我平靜下來。她當然不是沒在等待，但她並未催促，也沒有強調自己的存在。是那種只是在那裡，不代表不在的存在方式。我感到此人果然是厲害的大師。

＊

「美美，我就說那件藍襯衫絕對和這個很搭！虧你長得像媽媽一樣是個大美人，如果好好打扮一下一定更迷人。你需要什麼行頭我都可以免費出借。所有時髦的服飾你儘管挑。」

那是上週的事。當時小立瞪著圓滾滾的眼睛這麼說。她真的是個貼心的妹妹。總是毫不吝惜地把她最心愛的東西借給我。

遞出戒指的她身穿心愛的橄欖色連身裙，款式簡單樸素，打赤腳，腳上塗著豔紅的指甲油。而且一如往常開心地笑咪咪。

我從沒見過像她那樣總是笑口常開的人。她的笑容，哪怕只是她在艱難的人生用來保護自己的武器，那樣的笑容也會讓對方感到她在說「這世界有你真好」。

那天，我要和剛認識的年長男人第一次約會，所以她欣然將那枚戒指借給我。

「謝了，小立，謝謝你一直對我這麼好。」

「只要美美能得到幸福，那就是我的幸福了！我不會吃醋的。」

慷慨大方的小立立刻這麼說。

「代我向兒玉叔問好。回去不要吃太多冰淇淋喔。還有，也替我問候媽媽。告訴她我月底也會去看她。」我說。

「今晚雅美姨說要做西班牙海鮮飯。只有我大飽口福太不好意思了，所以我會帶冰淇淋回來給你。」

小立帶著爽朗的笑容說。當時我完全沒發現，在她那種表情底下潛藏重大的決心。

「沒事，不用在意我。你回去好好多玩一下。」我說。

「等我回來我們再繼續看崔智友的新連續劇。不可以一個人先看喔。」小立笑言。

「我會把剩下的影集能租的都租來，等你回來再看。」我說。

結果那些碟片租來後一直放著。電視機旁還放著影音出租店的袋子。原本不該這麼久都沒人看。想到我們失去的週末，我不由心頭一緊。

「欸，能夠這樣過日子，我們真的很幸福。居然能夠天天用這麼安穩的心情過日子。我甚至很想像品嚐美味的清水一樣品嚐這每一天。美美，我很慶幸我們來到東京。我們需要這樣的時光。謝謝。我忽然覺得，能夠在這裡生活，讓我現在終於成為我，所以才能採取行動。」

小立突然這麼說。閃亮的雙眸，眼神溫柔。

「是這樣就好。不過我也有同樣的心情。」

我說著，也沒放在心上就出門了。

*

當初小立堅稱「不能拋下沉睡的媽媽，所以絕對不要搬去東京」，是被我硬拉來東京的。

我極力勸她，哪怕只是暫別一陣子也好，離開故鄉沉重的磁場，重新審視我們自己的人生吧。小立堅信母親會醒，我卻已經不抱什麼希望。我認為冷靜接受母親就此沉睡不醒結束一生的可能性，考慮自己與小立應有的將來，是我身為姊姊的職責。

「媽媽變成那樣已經很久了。我們現在與其守在不知能不能醒的她身旁沉浸在悲傷，應該去學校為將來好好學習才對。與其為了媽媽搞得自己神經崩潰繼續待在這裡上學蹉跎光陰，我認為還不如暫時離開這裡放鬆心情過日子，將來想必會有派上用場的一天。等我們有了謀生能力，再回到媽媽身邊一輩子看護她吧。」我如此勸說。

我們在東京的下北澤租了小房子，小立去念洋裁的職業學校，我進入短期大學的文學系。

畢業後，小立開始替朋友的劇團製作舞臺裝，也接受訂製替人做結婚禮服，雖然訂單沒有如雪片飛來但也始終沒斷過，所以她一直努力工作。

我在朋友經營的酒吧當臨時代打，也做過拳擊館和瑜伽教室的櫃檯小姐，並且兼差寫點稿子。種種事物看似上了軌道又沒有真正上軌道，所以我們好像可以返鄉卻還回不去，就這樣享受著介於二者之間且附帶期限的自由時光。

在小立的工作穩定下來可以在故鄉繼續經營之前，就由我在東京負責煮飯和清掃，而且我比較有時間，所以我可以經常回去探望媽媽，總之直到最後一刻都不會放棄媽媽。——哪怕她是如何沉睡不醒，手摸起來像死人一樣冰冷可悲。

當時我們就是處於那樣下定決心的期間。

我的心已經直接飛向約會了，所以壓根不知道今後將會暫時見不到小立，也沒把她的眨眼和燦爛笑容深深烙印眼中。

明明和那次的約會對象聊不來，約會一點也不順利。甚至連對方的長相都已經想不太起來。

當我滿懷失望回到家時，小立已經出發了，屋裡空蕩蕩的。

那是個只知道談自己的男人，而且壽司擺在眼前也不趕快吃，一直在講話。雖然因為是對方出錢請客我不便開口，但我心裡一直在想「你快吃啊」。還有，我說曾經去印度做過一個月的瑜伽修行，那人的表情就像看到什麼髒東西。就算外表體面，那種人和我也絕對合不來。——我很想把這些話告訴小立。

因為早已決定絕對要互相支持，所以不管發生任何事都能信賴小立。

就算是吵架時也要絕對信賴，而且絕不欺瞞，也不能惡言相向——我們如此銘記在心，互相依賴，熬過了爸爸的早逝，相依為命到現在。我們雖是雙胞胎卻非同卵，但我們比同卵雙胞胎更了解彼此。

那晚小立沒有聯絡我，我猜她一定是太累早早就睡了。

翌晨，兒玉叔打電話告訴我「小立留書出走一去不回」。

我慌忙回到這個城鎮。

然後在老家（我如此稱呼兒玉叔的家）等待小立和我聯絡，一次又一次試著發訊息打電話給她。但她的手機關機，訊息也始終未讀，過了一個星期都還沒回來。

此地的警察和擁有這裡大片土地的地主關係密切，我聽說那個家族不太喜歡動輒引人注目的我媽。我想大概是因為媽媽寫過關於本地歷史的文章，過世的爸爸又是外來者。所以爸媽出車禍時，出現各種陰謀論或暗殺之類的流言蜚語。

或也因此，警方露骨地表現出「這家人又在鬧事找麻煩」的反應，只是冷漠地告訴我，一個成年人若只是不告而別一星期左右的話，他們不可能採取行動。

小立留的信上寫著「關於媽媽的病有點事想調查，我要去此地及周邊地區散步幾天。或許也會去有點遠的地方，但我很快就會回來」。

這樣莫名其妙、本該立刻就能見到小立卻見不到的每一天，身體有一半都很空虛實在難以忍受。

每當有什麼難以忍受的事情時，我的訴說對象總是小立，所以我抱著無處發洩的心情煎熬了幾天，來到這裡求助。

想到這裡我忽然察覺。

慢著，從小不就聽說過這個「彩虹之家」的算命師是少女和老太婆的組合嗎？

說不定她們沒有老去，一直是同樣的人？這麼一想我不由悚然，恨不得現在立刻逃走。我告訴自己一定要冷靜。現在如果留下可怕的陰影會永遠擺脫不掉。我試著去想：既然來都來了，而且像她們這種人想必一輩子只能碰上一次，還是放下偏見與猜疑，敞開心扉去接觸吧。

*

「對對對，總之現在是你拋開不安，從我們這裡吸收一切的時候。」

聽到少女這麼說我吃了一驚。少女又說：

「你的養父在這個鎮上經營冰淇淋店。對了，是兒玉先生吧。對不起，最後這是我個人的意見。我很喜歡那裡從以前就沒變過的手工素樸冰淇淋。不考慮盈利成本，就像給自家人吃的那樣用了大量的好食材。是全鎮居民都喜愛的冰淇淋。」

少女舔唇說。彷彿真的在品嚐冰淇淋。

「剛才老太太沒有先說話耶。」

我實在太好奇，不禁如此脫口而出。

「那不是現在的重點，所以你怎麼想都無所謂。我們是二人合一。就像你們姊妹雖然是雙胞胎但是外表幾乎一點也不像。」

少女微笑。

她不假思索就說中了我們是異卵雙胞胎這件事。

開始害怕的我決定默默等候下文。

老太太的嘴巴又發出不可思議的長音。音調平板，就像唱聖歌或者吟詠讚美詩。

「令妹正如我剛才所說，接觸到某個事件，為了去見令堂，她讓身體消失了。令妹一定是打算果敢地把令堂帶回這邊的世界吧。現在她想必正在摸索那個方法。」少女說。

「你的意思是說，她已經死了？如果沒了身體，應該不算活著吧？」我驚愕地說。

「那倒不是。那是令妹的特殊能力，可以進入別的世界，將身體暫時分解，到了既定的時刻就會恢復原狀。她擁有與生俱來的能力，只要時機吻合，理論上就能做到那點。令妹說，她認為或許可以把母親找回來，所以就決定這麼做了。」

「到底發生了什麼事？分解？太扯了……我還能見到妹妹——擁有肉體的妹妹嗎？」

「和已經蹉跎太多時間的令堂相比，再見到令妹的可能性相當高喔。附帶一提，令妹的意識非常清醒。並沒有變得模糊或溶入空間。」

「她現在還沒辦法回來嗎？」

想到或許還能再次見到清醒的母親，我的內心深處隱隱騷動。我已經不知做過幾萬次那樣的夢了。

那個希望就像化膿發熱的腫瘤沉在心底。

我很清楚，人類，對於已經放棄的事是最害怕抱持希望的生物。

「令妹最害怕的，是分解過的肉體遭到破壞無法重新組合。不過那想必是杞憂。令妹只是因為針對此地視為祕密的傳說調查得太深入，所以過度敏感。明明現在都已經是這麼和平的時代了。兒時滲透潛意識的傳說太有分量，對個體的精神而言幾乎已成為一種類似詛咒的東西。」

少女一口氣這麼說完。

「那我現在能為妹妹做什麼？」

「應該只要待在此地就好吧。說不定在這段期間，你會決心搬回這裡。」

「光是這樣，就能夠幫助她嗎？」

「可以喔。只要是你衷心做出的決定。只要你不做『不對的事』。意外的邂逅會產生連鎖效應，以意外的形式。」

少女詭異地微笑。

那種笑意就像活了幾萬年的人一樣莫測高深。

遇到太過巨大連自己都無從估量的事物時，內心會拒絕接受。此刻我的狀態正是如此。這種人你絕對說不過她也很難去懷疑她。光是要壓抑很想言聽計從自己什麼都不再思考的衝動就已竭盡所能。在他們的面前，自己無比渺小，一無所知，好像變得微不足道。

正因如此簡直像渾身赤裸，只能坦誠以對。

「好吧，回到剛才的問題，基本上保護自身是什麼意思？是指生命安全嗎？若是指那個，你八成沒問題。」少女說。

「八成？」我說。

「你在根本上抱有強烈的罪惡感。我是指對於自己從車禍逃過一劫。還有對於那件事，關於時機或命運的強烈恐懼。

那天你本來也該在車上，但你被某種預感擊倒，無法上車對吧？你很後悔當時沒有更強烈地向令尊表達這點吧。止不住的後悔、恐懼、沒有再多走一步導致結局無法挽回的感覺。那將你的靈魂困在好似膽怯幼兒的場所。你們把令堂留在這裡自行搬去東京生活，其實也是直覺告訴你的正確判斷，可你心中留下了罪惡感。剛才我也說過，其實你的個性非常開朗，什麼都能接受並且明快解決，讓人們沉浸在樂觀的氛圍中，是個心靈豐饒開闊的人。

令妹正是因為有你，一直受到保護免於恐懼，所以才沒有變成像你這樣。她充分發揮自己的天性。甚至可以說發揮過度了。因為有你，她才能夠像個被保護的小搗蛋，天不怕地不怕。」

一切都被少女說中了。

*

那天，我本來要和爸媽一起去買東西。

小立去朋友家找對方的母親學裁縫，不在家。她從小就喜歡做女紅，但我對那方面毫無興趣而且有點感冒，所以留在家裡。

媽媽說要把新買的大垃圾桶抬到車上，還要一次購買大量的水果做酵素飲料，有很多事需要人手幫忙所以叫我一起去，還說回程要去鄰鎮的百貨公司美食街吃知名的蛋包飯，再給小立買個便當回來。

想到剛買的嶄新大垃圾桶和大量水果散落一地的車禍現場，我的眼前就一片漆黑。那些本該替家庭生活妝點嶄新色彩的東西變得慘不忍睹。

還有永遠無法再和爸媽一起吃的蛋包飯。至今不管身在世界何處，只要經過星期天的百貨公司美食街前還是會很痛苦。

那天打從上午，我就一直渾身發冷頭也很痛。

「我的頭和身體好痛。」對母親這麼說完，我哭了出來。我說真的好痛根本無法出門。

淚水一發不可收拾。連我自己也不明白為何這麼難過。我請求他們兩個也留在家裡，明天大家再一起去。當時我的確這麼說了。

在我這一生中一再反芻過這件事。我想原諒自己。

我告訴自己的確阻止過了，不是做夢，是真的試圖阻止過。

可是「我應該更堅定地挽留他們才對，我該拚命阻止他們」的想法，始終縈繞不去。那就像幽魂，每次都在給我積極進取的想法扯後腿。

「那就這麼辦吧？」媽媽說。

那明明是最後的機會，我卻沒有力爭到底。因為我的頭好痛只想趕快躺下。

那時爸爸說：「明天早上我和兒玉老弟約好要去釣魚，所以最好還是今天去買。」

爸爸用那手臂纖細的大手掌拍拍我的頭說：你好好在家睡覺，我們會買點什麼帶回來給你。

他是個眉清目秀的美男子，總是很擅長引導我們去配合他想做的事，是個很任性的爸爸。可是那天就連他那種任性都讓我覺得好可愛，我緊握爸爸的手。

那天，我愛憐地摩挲爸爸乾燥的手。他有點害羞地迅速縮回手，說道：

「甜的和鹹的，你想吃哪種？」

那就是我聽到的爸爸最後一句話。這句遺言實在太像他的作風太傻氣了，以至於我每次回想起來總會忍不住笑一下。

*

「令尊是個非常討喜的人。對令堂的感情甚至堪稱可愛。至於你們這二個愛情結晶，他想必更是疼愛過度甚至無法注視太久吧。

他的工作，當時主要是在東京吧？我想你們應該很少一起生活。過世時開車載著令堂的也是令尊吧。

我再說一次。你乍看之下能幹開朗似乎很堅強，其實個性有些部分非常脆弱。

你很想自暴自棄地糟蹋自己的生命，非常害怕和妹妹分開，那些實在算不上健全狀態的部分，就連你自己都排斥去承認那樣的自己。那是一種自憐的心態，其實現在的你已經非常健全，本來可以發揮你原有的冒險心和勇氣，可是你無法容許。該怎麼說呢，因為你是拼湊而成的。

歸根究底你也不是純種人類，你有異世界人的血統。就算是為了好好思考這些以往刻意不去思考的事情，你也應該回到這裡。

罪惡感在扯你的後腿。只要不屈服，你應該可以好好活下去。所以請你一定要在此地談戀愛。你的對象是個和母親相依為命過著偏執生活的人。他現在有女友，但那不是問題。他是大好人。對那個人的感情，將會引導你順利走向今後的人生。我看見愛玉子出現。」

「你說的愛玉子，是此地以前非常流行的甜點。聽來令人無比懷念。」

「那是臺灣一種特別的甜點，是用水果的天然果膠凝結而成的果凍。那個男人好像和臺灣很有緣。」

「臺灣，愛玉子，談戀愛。」

我用手機記錄下來。

「你雖然一點也不覺得愛上那個人，但是見到他應該就會很安心，你很尊敬他，對他產生興趣，想要追求。而真正的你也會顯現出來。你自己的人生將會從那場邂逅開始。你們會變得真的很親密。就像《X檔案》的穆德和史卡利。說不定會像他們連孩子都生出來——如果你能夠從此接受種種事物的話。」少女說。

我懵懂地暗想，這個比喻可真是詳細又充滿現代感啊。生孩子？我無法想像自己身上會降臨那種變化。

我一直很清楚自己是靠著關心小立、照顧她來勉強保持自我。也知道其實小立非常堅強，根本不需要我照顧。

穆德和史卡利有生小孩嗎？我少根筋地暗想，決定回去以後改天要重看一遍《X檔案》，但是和小立一起在東京看電視的尋常生活，在這瀰漫霧氣與海風的小鎮，好像成了很久很久以前，已經望塵莫及的美好事物。

「我會和不愛的人一起生活？實在難以想像。不過，我會牢牢記住。」我說。

老太太開始呻吟。少女輕撫她的頭髮像要安慰她，把耳朵湊到她嘴邊。然後說：

「令妹聰穎，因為一心想見母親所以行動過快，說不定會向你求助。這樣變成過度害怕失去的人，也是你為了得到理想人生必須克服的心理障礙之一喔。」

害怕失去，不懂得如何去愛……我想起以前聽過的歌曲，不禁在腦中吟唱。

「前途茫茫的二人戀情是夜空啟程的銀色小舟。」

少女就像朗讀寫在空中的文字般接著流暢說出那首歌的歌詞。然後又說：

「這是此刻浮現我腦海的詩句。」

我又吃了一驚。我暗想，這些人不是江湖騙子。

「把令堂是異世界人這件事視為問題的世界事實上已經不存在。雖然還有殘渣，但也僅止於此了。這裡自古以來就是異世界人和人類尋常共生的地區。圍繞此地的連綿山丘發出的某種週波數，一直在保護異世界人。以前山坡上也頻繁刻畫著類似推理俱樂部的記號。不過那種時代老早就已結束了。」少女說。

「外星人或異世界的人明明超級未來，為什麼做出的事情卻像古代人？例如在山坡雕刻記號，擄走遺體驅使殭屍工作，用石頭打造遺跡之類的。」

我提出樸實的疑問。

「那大概是因為歷史演進的順序各有不同吧。在對方看來，說不定還覺得我們的文明以及用石油作為主要能源、吃牲畜的肉等等行為很滑稽呢。」少女說。

「在某些部分，他們或許比較正確地朝著讓咒術產生效力這個方向發展，況且肉體型態如果不同，和我們比起來，他們在有些部分也可能顯得比較野蠻。他們如果比地球上的細菌強，或許也不怕不乾淨的環境。你在人類當中長大，也許只是感覺上無法理解。」

「我就是個普通人。我一直這麼以為。所以我們一家是人類這邊的被害者，只不過比較倒霉的是此地有點像八墓村[1]。」我說。

「不，我認為令堂是純正的異世界人。所以你沒有外公外婆和母親那邊的親

1《八墓村》：橫溝正史的推理小說，描寫深山中的八墓村流傳數百年的傳說和詛咒。

戚吧？我不知道令堂是怎麼跟你解釋的，但她應該幾乎是孑然一身。令堂以前一度罹患睡眠病長期陷入昏睡，清醒之後加入與你們共度的人生。她是比兒玉先生略早一個世代的家族一員。之後她又再次陷入昏睡。這次是因為她發生車禍性命垂危。正因如此，她和我姊姊不同，還有醒來的可能，而且你們姊妹等於是混血兒。」少女輕描淡寫地說。

「怎麼可能。可是我明明沒有任何特別之處。去拳擊館練習時也完全推不動比較重的沙包。就像老鼠向人類挑釁。」我說。

「小立小姐察覺自己的異樣，認為說不定可以讓令堂醒來，所以才來此地調查真相。」少女說。

「她為什麼不先跟我商量一下。」

我明明沒說過妹妹的名字，少女卻不假思索說出小立的名字。雖然我已經不再驚訝，卻還是感到背脊一涼。因為從她口中說出的小立這個名字聽來簡直像是死人。

「人類和異世界人的混血兒可能出現的現象，首先就是力氣比普通人稍微大一點。壽命也稍微長一點。當然，就算壽命再怎麼長如果亂來還是會死。還有，擁有心電感應的能力。只要你能跳脫那個悲傷與恐懼的侷限，我想就能和令妹正常取得聯絡。」少女說。

「我就是因為做不到！所以才會來這裡諮商。」

我不禁笑出來。

「不，其實你已經感受到什麼。只是現在很混亂。想必令妹的遺傳基因比較明顯吧。」

少女微笑說：「我想令妹在物理上的力氣也比較大。」

＊

「小立，幫我打開。」

「美美你真的很沒力氣耶，虧你外表看起來比我強壯。拿去。」

任何瓶蓋小立都能輕而易舉打開，所以在學校時大家有什麼粗重的工作都會找她。

她那纖細白皙的手臂，只要稍微用點力氣，就能打開瓶蓋。

「這是有訣竅的，就這麼簡單。」

小立總是笑著這麼說。

無論是窗戶歪斜重疊的遮雨板，還是根深蒂固的雜草，落到小立手上都是小事一樁。暑假打工時，能夠輕鬆搬運沉重冰淇淋桶的小立，被兒玉先生格外器重。

儘管大家都喊她阿拉蕾[2]或秋姬[3]，總之外表孱弱可愛的小立，最不公平的就是明明一身怪力卻總是桃花旺盛。

＊

「有一天我也會變得那麼有力氣嗎？」我問道。

「如果目前都還沒有出現怪力，那大概就不會有。」

聽到少女這麼說，我有點失望。

我曾夢想著若能成為《玄機妙算》（*The Bionic Woman*）的女主角珍美那種無敵女金剛，剷惡除奸造福大眾該有多好。另外，雖然就年齡而言有點晚，不過若能成為女子職業拳擊手拿到世界冠軍賺獎金也不錯。

這麼一想，應該去打拳擊的人分明是小立才對，儘管她的外表像個弱不禁風的小少女。還真讓人羨慕啊……。

---

2 阿拉蕾：鳥山明的漫畫《怪博士與機器娃娃》的主角。舊譯為丁小雨。博士創造的仿真機器人，力大無窮。

3 秋姬：岩本奈緒創作的漫畫《鎮上傳說中的天狗之子》的主角。天狗與人類的混血兒，一身怪力且胃口奇大的高中女生。

我心不在焉地這麼悠哉暗想之際，少女又說道：

「你也繼承了令堂的血脈，所以或許會發生什麼。至少你已經有『做夢』的超能力。那是在夢境與現實之間看見真實的能力。另外可能也有雖然在當今這個時代派不上什麼用場的『驅屍』的能力。令妹在很早的階段就已察覺自己的異能與令堂沉睡病的關聯，她大概很擔心你們二人身為女兒是否也會受到波及，而且認為或許有可能讓令堂清醒，所以才回來調查吧。我想令妹一定已經去加納甘家了。」

從小立的個性不難想像，她是想保護我，也料到如果告訴我，我一定會堅持要跟她一起來，所以才獨自行動。加納甘家是本地首屈一指的大地主一家的名字。

「你說的那個『驅屍』又是什麼東西？聽起來真的很恐怖，而且我想我應該也不可能接觸。我只想專心做夢就好。兒玉叔知道什麼內情嗎？」我問。

「他只是個善良的老好人。什麼都不知情。他是本地人，並且和令堂的家族有親戚關係，所以應該也不是純種的地球人，不過我想他幾乎沒有異世界的血統。作為地球代表，是個很想把他送上諾亞方舟的大好人。他太太雖然有女性特有的佔有欲，但是個性樸實，遠比你們以為的更深愛你們，同樣也是個大好人。你們能做他們的女兒是好事。也看不出會連累他們的跡象。」

少女閉著眼說。這次她似乎看見了映在眼簾內側的什麼。

「謝謝。」

我打從心底鬆了一口氣地說。

「狗類不也是雜種狗更強？混雜人類的血統，讓你們姊妹變得非常有力量，說不定會威脅到原本過著平穩生活的異世界殘餘分子，所以古老的系統才會重新發動甚至跟蹤監視。令尊令堂那個時代還留下少許糾葛。

昔日的大地主們很長壽，由於習慣不同想必也出過種種問題，不過現在已經毫無問題了。現任繼承人個性溫和低調，不願負面傳聞出現。我們這片土地也是向他們買來的，建築設計師也是替他們建造城堡的同一人。因此就算是當今這個時代，還是不方便說得太詳細。

很久以前，他們身為異世界人做出的邪惡勾當，對他們的歷史來說根本不算什麼，只是本地的自家事。又不是要征服世界或者大量移民過來，只是湊巧二地相通，所以才實驗性地讓少數人移民過來而已吧。真是半吊子的科幻感。不過意外的是，世間或許就是有這種事，某些人就這樣不太顯眼地混入其他世界。

現在已經沒有任何人會碰上危險。他們沒有殺過活人。他們只是把死人再次利用。在太古時代，來到此地的他們把死者的遺體送去異世界使用。可是後來到了和平共存的時代，異世界那邊開始改用機器人工作，因此立刻進入不需要人體的時代。只留下令人恐懼的傳說。

不過，數代之間也生下混血兒，很多人都擁有異世界人的血統，也有像令堂這樣純正的血統，當然也有仍沉睡不醒的人，歷史中發生過的事情不可能全部消失得一乾二淨。就像是個漏洞，在現代也自然地融入其中保留下來。而那一族擁有許多土地，就這樣繼續扮演本地的地主。不過，就連以前那個可怕時代的事，也和殭屍一樣，已經沒有內在，只剩表皮。曾經真的有過那種時代喔。以前會把屍體像牛羊一樣役使。」

少女繼續淡然敘述。

「令堂當然知道自己是異世界人。也知道很久以前是怎麼使用死人的身體。她對那個很感興趣，做過調查。或許是打算將來寫成報導或者成書出版。令堂或許因此有點畏懼。那天她看到還存活於世的——這個說法是否貼切姑且先不提——殭屍，當下失聲尖叫，影響到令尊開車。那就是車禍的原因。」

我的淚水奪眶而出。雖然不明所以但這段話令我不由潸然。

我媽從睡眠並醒來毫無記憶孑然一身，但她在調查過程中逐漸發現兒玉叔和自己有血緣關係。之後她接觸兒玉叔，談起一族的事，雙方關係變得很好。想必也是因此，兒玉叔才會在檯面上成為我媽的弟弟。這點我和小立都知道。

「那我妹妹呢？這一切她都知道？」我問。

「她知道。而且她調查傳說和文獻資料，四處詢問老人，得知雖然機率極低還是有某種方法可以讓令堂醒來。我想她大概實行了那個方法。至於是否成功，很抱歉目前我們無從得知。雖然無法保證令堂一定會從沉睡中醒來回到這世界，但令妹還能重新構成肉體。現在她住在只有意識的世界，正如我前面也說過的，不時會與你交流。」少女回答。

「我妹妹為什麼不把這些事情告訴我？」

想到小立的個性雖然能理解，我還是不禁這麼質疑。

「我想她原本應該是打算多方調查後，若能搞清楚令堂的事就立刻告訴你。她覺得有事瞞著你是一種不誠實，不願那樣做，這是小立小姐的靈魂傳達給我們的訊息。」少女說。

「我媽的事，某種程度上我已經死心了。時間過太久，我甚至已經不大記得我媽還在時的人生了。

我現在只想見到妹妹，把妹妹找回來，像過去一樣和妹妹一起快樂生活。偶爾這樣來這小鎮的養父母家玩一玩，像一般人一樣老去。就這麼簡單。這樣的願望算是過分的奢求嗎？」我流淚說。

驀然一看，有某種東西從老太太的身體緩緩朝我畫出漂亮的圓圈逐漸向外擴散。我感到，這是慈悲心。是她對我的同情形成柔軟熾熱的波紋。不愧是以救人為畢生事業的人。我終於對她倆敞開心扉。

「你終於打開心扉了。」少女說。

「是的，從你本該在沉睡的姊姊身上，我感到某種動人的溫情。」

我暗忖什麼都能一眼看穿也未必是好事，一邊如此說道。

「我給你的答覆，就是你必須為此改變。你真正的心願並非你現在說的這些。你其實希望人生更光明地燃燒。

不只是想和妹妹過著安穩的小日子，你更希望每天都有某種革新，過得新鮮有趣。其實你是這樣的人。

所以，剛剛你描述的幸福概念必須稍微更新。那樣保持本色的你，應該能夠拯救無數死者的靈魂和生者的心。你應該會把在此地體驗到的種種想法記錄下來。

那與其稱為小說，毋寧類似『只是寫出身邊周遭的事物』，沒有太強的戲劇性，是輕描淡寫的故事，可是不知怎的卻能讓看過的人，無論生者或死者，都會被你寫的東西散發的蓬勃生氣在內心深處得到救贖。那等於是在淨化過去與記憶、生活態度等種種事物。

在這世上，有些人只要有少許契機就能靠自己找回自救的力量。你的個性和你寫的文字，擁有這種力量的可能性，已經透過你靈魂的色彩展現出來了。」少女說。

「說到重大使命，就跟饑荒或核能、核武、陰謀論的問題一樣，好像已經超出我個人的能力範圍。不過，如果是小小的日常瑣事，那我的確很愛寫。如你所言，我媽以前也是自由寫作者，專門寫烹飪之類的生活報導和書籍，我似乎也遺傳了那方面的才能，現在偶爾也兼差接些寫稿的工作。寫文章對我而言很容易。」我說。

「只要寫出來，不斷降落在此地的詛咒或許就能化解或者得到奠祭。傳說的重擔被卸下，現在的居民們會變得更幸福。」

少女輕鬆說出如此嶄新絕妙的主意。

「不過，我希望你的寫作方法盡量簡潔洗鍊。或者該說，要像民間故事那樣朦朧。令堂以前甚至打算更天真無邪地把那當做八卦新聞大剌剌地寫出來吸引觀光客，所以想必導致以前的人看她有點不順眼。畢竟還是有些異世界人以野蠻的過去為恥。就像人類當中有素食者一樣。」少女說。

「你們該不會也是？」我問。

「這個隨你想像。不過，為了得到這種靈能力的確需要付出一點代價。在這個自古以來人們的口風就特別緊的神奇城鎮，當時很多事情都是可能的。」

少女飽含意味地笑著說。雪白透明的肌膚，完美的長睫毛和做夢似的眼眸。那是美得令人悚然的笑容。當她的嘴唇勾勒出美麗的弧形時，我看著她下垂的眼角那股妖豔風情暗忖，這個少女或許果然不像外表那麼年輕。

「你們不惜做到那種地步，究竟想做什麼？就為了住這種豪宅？」我問。

「不可否認，那也是慾望之一，但我們最想要的，還是在安靜良好的環境提升這種能力的精確度，盡可能長久地發揮。那是我們姊妹唯一『想做的』。」

「在這世上，果然有各式各樣的姊妹。」

我抹去眼角還殘留的淚水說。

我感到那淚水從我體內抽走了什麼。

彷彿嶄新的、只是旅途過客般再次醒來。

是的，哭泣沮喪也沒用。我到底為何傷悲？光是來到此地，我的身體就已變得沉重，彷彿被人施了魔法只是悲傷得一塌糊塗。

「我現在確定妹妹一定會回來了。謝謝你們。不過關於我的將來，我還沒什麼真實感。看來我的人生主題仍深埋在我心中。我完全無法想像還有什麼能夠比見到妹妹、恢復以往平靜生活更快樂的事情。」我說。

「在你心中有絕望、陰影、罪惡感。」

少女直視我的雙眼說。那是比湖水更深邃透明的眼睛。

「害怕再也見不到令妹的恐懼。擔心萬一無法找回母親，令妹和你自己不知會如何失望的恐懼。為了改變和那種東西打交道的方式，你現在正在忍耐堅守。

時而絕望，時而恐懼，身而為人那是理所當然。因為你在此地有過傷心的經驗。

而且那不是任何人的錯，是可悲的偶然和此地磁場發生作用引起的。你就像《鬼追人》這部老電影中，被『高人』這個怪人糾纏的主角一樣，即使去了東京，和受你保護的妹妹相比，你的心裡依舊很空虛。你應該找回自己人生本來的步調。如果說有敵人，那就是空虛以及橫亙在你的價值觀底層的恐懼。

令妹很享受活著，而且個性像炮彈，她完全不理解你的痛苦。儘管她的外表看起來遠比你柔弱。所以就這點而言，你一直是孤獨的。

我無法明確預言什麼東西將會怎樣。不過，我強烈祈求你和令妹再次相遇，並且能夠見到令堂。那也等於是我內在的某一部分得到解放喔。那就是我們的諮商工作。唯有心中的畫，無論處於任何狀況都能強烈描繪。如果不讓它作用在現實中，還能告訴誰？」

她的話語擁有力量，進入我的內在。

老婆婆喃喃嘀咕。少女把耳朵貼近她的嘴邊，過了一會方說：

「令妹活著的身體會突然出來。請你拉她一把。她像死人一樣渾身發冷。」

「突然？發冷？」

我想像小立的身體像母親一樣變得冰冷，不禁害怕地問。

「不是像你現在想像的那樣在別人家裡、或者寺院神社之類的地方找一找就能發現令妹沉睡的身體。是她的身體突然物質化。所以你現在四處尋找令妹沉睡的肉體基本上就搞錯方向了。你會受到保護，雖然可能遇上一次可怕經歷，但那很重要。我姊姊說，請你要保持堅強的意志力。」少女說。

「請你今天就去植物園，觸摸一如當時令人懷念的那些樹木，找回以前的開朗心情吧。那樣就能導向正確的流向。只要你去就行了。」

「謝謝你們。」我說。

「諮商費請放入那個箱子。放你覺得該付的金額。」少女說。

我把微薄的一萬圓悄悄地、宛如輕飄飄隨風飛舞的樹葉般，放進那個漂亮的箱子。

我默想，謝禮太輕了，很抱歉。這已是現在的我竭盡所能的金額。

少女深深點頭。我凝視那雙眼睛。看起來沒問題。那雙高傲的眼眸，顯然一點也不覺得「太少」。

我覺得，那早已超越金額大小的問題。因為想必也有人眼都不眨就付給她們姊妹一億圓。

在那屋子打磨得光潔美麗的地板上，模糊映現我的小手。彷彿那並非我的手。我頭一次覺得，好想盡快離開這裡。肯定是結束的時間已經要到了吧。這裡不是活人該久待之處。宛如海市蜃樓的空間，被某種力量扭曲。

「住在彩虹之家的我們，從今天起，會為你做三天的彩虹祈禱。」

少女突然用朗讀固定臺詞時那種平淡的說話態度說道。

「如果你這些年的生存之道與彩虹相配，我們的祈禱就會通過彩虹傳達上天。否則，就什麼也不會發生。」

「謝謝。我的人生的確一直在逃避什麼，過得很彆扭，但是一直是閃亮的日子。無論哪一天，光是回想起來就覺得每一天都很可愛，充滿美好的對話和美妙的偶然與溫情。所以我相信一定能夠通達上天。」

我笑著這麼說。

這個難得能夠來一次的房子，或許也是此生最後一次來。據說如果沒有夠資格的煩惱甚至連電話都打不通。

因此我想盡可能留下美好的感言再離去。

少女朝我擠擠眼。披著魔女似的披風，歪起纖細的脖頸。

＊

推開那扇雕滿精緻圖案的沉重木門出去後，從這對姊妹住的老洋房所在的市郊高崖，可以望見遠處曝晒在無垠陽光下的道路和小得像玩具的車輛來往穿梭，以及更遠方耀眼的大海。

重巒疊翠氤氳相連，海灣今日也澄澈如鏡。海灣邊的漁港可以看見五顏六色的小船。無人的海水浴場安靜鋪展遼闊的沙灘。這是多麼美麗平和的景色。我從來沒有抱著如此溫馨的心情眺望這個城市。

以前住在這裡時，很少爬到這麼高的地方。從這裡俯瞰這個城鎮特別美，看起來就像被施了魔法的箱中迷你庭園那樣耀眼。

迷霧散盡，周遭沐浴在清爽的陽光下。依然濃烈的光影中已有秋天的氣息隱約潛藏。

可以看見山坡上畫了雪白的馬。三角形的群山以蔥籠綠意將這個城鎮與其他場所分隔。裸露出一部分的山坡上，到處留有據說是古人雕刻的圖案。那些圖畫非常素樸美麗，就像拉斯科洞窟壁畫或阿傑爾高原的岩石壁畫那樣栩栩如生，我以前最愛在晴朗的日子遠眺。

從那個宛如奇異夢境的房子，回到洋溢新鮮空氣的現實世界，我鬆了一口氣。

我整理思緒，但是內容無從整理。我一邊在手機上摘要紀錄，同時也因過於唐突荒謬的事態發展不由噗嗤一笑。

如果我突然意外身亡，死後被人發現這段摘要，肯定會以為「這人是腦子有病才自己尋短」吧。

然而事實遠比小說更離奇，在某個特定場所有奇特規則是常有的事。

比方說，

「在這一帶為了表示負責必須當眾切下小指。」

或者，

「在此地發高燒時會將蚯蚓炒來吃以便退燒。」

或者，

「死者的遺體必須直立放入罐中。」

儘管以我的常識難以置信，在那個地方卻是常識，這種事情在世間比比皆是。每每令我感到世界真遼闊。

我的摘要紀錄大致如下。

●這個城鎮在很久很久以前，曾是外星人或異世界人的祕密移民地。異次元的入口位於當權者（地主）家的院子裡。這樣的場所其實在世界各地都有，國家也在某種程度上認可，但當然被視為最高機密。雖然經常有傳言或被人寫文章報導出來，但是最後都被當作「傳說故事」一筆帶過。

●我媽是移民過來卻沉睡許久的異世界人。兒玉叔算是我媽的親戚。我媽醒來後和我爸相遇墜入情網。爸爸只是普通的地球人。我和妹妹小立是混血兒。所以妹妹力氣特別大。我的力量是做夢和驅使殭屍（殭屍這個字眼，看了都毛骨悚然，但我還是姑且記錄下來）。

●本地的掌權者兼地主本來是暴君，不知到第幾代為止仍和以前住的星球一樣將屍體加工當成看門狗和長工驅使，但這種風俗到了明治時代（？）終於廢止。到我爸媽這一代已經絕跡。不過，我媽想知道自己的家族來源，試圖調查那段歷史寫成報導，因此被人視為大麻煩。

●他們不殺活人。所以造成我爸死亡的那場車禍只是倒霉的意外。

●妹妹這次回到此地的目的是要找回我媽。目前妹妹移行到另一個世界試圖達成目的，所以才會失蹤。

●妹妹並非像那些沉睡症的人一樣沉眠。所以我就算找遍此地也不可能找到妹妹的身體。

不用做「揭發此地隱瞞的重大罪惡將惡行公諸於世替家人復仇」這種自己絕對做不到的事，讓我鬆了一口氣。那是絕不可能在我人生出現的故事情節。

而且，平凡如我，腦子完全是文科生，就連船行水上、飛機上天都覺得可怕，什麼異世界的故事我簡直聽都不想聽。

因為那對我來說不可能和自己有關，只不過是本地流傳的民間故事。

我的內心深處早就知道小立活著。可是聽到她的身體分解，還是非常害怕。萬一就像那齣知名的電影，回來的時候一不小心混入蒼蠅怎麼辦？我忍不住滿腦子都在想那個。

我們雖然是異卵雙胞胎，但我的身體某部分與她相連，也有類似心電感應心意相通的部分（如今想想，那或許才是我們是混血兒的證據），所以小立如果死了，照理說我一定會知道。

不過從別人口中（哪怕是那麼詭異的姊妹花）聽到小立活著的消息，我還是很開心。

和算命師姊妹共度的時光之鮮明，彷彿連腦子最角落都用上的感覺，以及異常冰冷、無情的觸感依然殘留心間。

那和我與小立尋常過日子的幸福，被某種宛如甜蜜棉花糖的東西輕柔包覆的安心感，以及努力讓自己什麼也不想的恍惚時光全然不同。

那種冰涼的觸感如果就是壓倒性的真實之力，那我或許一直在自己的人生中否定了那個。

過於極端，過於純粹，令人窒息。

然而剛才的諮商讓我得以清楚地預感到，有一天自己大概也會主動接近活在真實的世界。

因為當我抬頭冷靜一看，此地的確如那對姊妹所言改變了。

在我小時候更恐怖，黑暗中彷彿躲著什麼，還有很多被人拐走的可怕傳言。大人總是告誡我們絕對不能靠近地主位於古代人遺跡旁的城堡，也叮嚀我們除非有大人陪同否則夜晚不能外出。

現在不是已絲毫感覺不到那種氛圍了嗎？

「就聽她們的意見去植物園，坐在那裡的長椅先喝點熱飲吧。聽說自己是地球人與異世界人的混血兒之後，想到不知道會發生什麼就覺得毛毛的。我得先喝點熱呼呼的東西壓壓驚。接下來還要去探望媽媽，替爸爸掃墓，有時間的話再去大地主那裡打聽一下吧。」

我自言自語，邁步穿過住宅區走下坡道。

我用大拇指撫摸貼身配戴的飯糰土耳其石戒指。一邊對戒指說：從今天起你就是我的了，不是小立或許會讓你有點寂寞，但是馬上就能見到她了，你先忍一忍。

預感真奇妙，那一刻，我能看見陰霾的天空彷彿射下一道光。

小立在對我說：「就跟你說不用還給我了，戒指很適合你。那個送給你。」

彷彿親眼看見那一幕，親耳聽見小立的聲音，我全身感受到那個場面。

啊，肯定會有那一天的來臨。這麼一想，忽然渾身輕鬆。

*

和小立消失比起來雖是小事，不過這次返鄉還有一件不可思議的事令我耿耿於懷。

來到此地漫無目標地四處徘徊尋找小立之際，我在很多地方都發現了若稱為捧花未免太小的花束。最接近那個樣子的，大概是呇里島裝在小籃子裡放在馬路各處獻給神明的供花。

我買了一束花去爸媽的車禍現場祭拜時也看到了那個。看到那種花束出現在爸媽的車禍現場，雖然連那是否哪個熟人聽聞車禍後放置的都不確定，我還是很高興。

在那個只有悲傷回憶的被詛咒的場所，當我從花束抬起頭時，世界像魔法一樣改變，無比美麗。天空一片蔚藍清透如水，雲朵染上色彩，輕飄飄流向遠方，行道樹猶如接受死亡的搖籃正在晃動柔嫩的葉片。

如果是在這麼美的風景中消逝，死亡或許也不可悲吧？如果有一天我也會去那樣不可悲的場所，我甚至有了勇氣願意再努力一下試著活下去。

以前也曾多次拿花來祭拜爸爸，但我知道，只要去那裡，內心就會突然開始逃避。是自己的身體在抗拒。不肯承認爸爸的身體早已在那裡澈底支離破碎。

然而拜那捧小花束所賜，我終於能夠打從心底平靜地站在現場哀悼爸爸。

如果能像那花束的姿態活下去該是多麼高潔。因為活著所以有這香氣籠罩，就算再怎麼看了又看，永遠都能以生氣蓬勃的心情欣賞。甚至就連這花束逐漸枯萎的時間都覺得寶貴。那樣理所當然的事情，我卻彷彿突然清醒般被提醒。那是能夠讓人產生那種想法的魔法花束。

花束為何能夠讓人產生那種心情，我觀察許久仍然不明白。那都是附近雜草開的素樸小花，或是不用花錢也採集得到的普通草花做成的花束。

例如我第一次看到的花束，就有草莓的小白花和火鶴花。還有鼠麴草的葉子及枇杷葉。色彩及高矮也錯落有致搭配得很有品味。只要高矮稍有不同就會失去平衡感，看起來既大膽又纖細。

那個食指長的小花束只用了淺色和紙及顏色漂亮的麻繩綑綁。

沒有任何一束是放在小商店骯髒的鐵捲門前或陸橋中央那種會讓我看了不舒

服的污濁場所。雖然無人發現，但它只放在街景看似美麗的地方。

每次發現那種花束我都會拍照保存。

在此地，也有人喜歡這些和我一樣平凡無奇卻讓人覺得美好的場所，以及雖然發生過悲劇但現在很和平的場所，這讓我如釋重負。

依序看著那些照片，心情也為之開朗。

我竟然有幸一次又一次邂逅那樣小而美的事物。那每一個的差異也療癒了我的眼睛，我將它視為寶貴的相簿小心珍藏。

那個時刻，對於等候小立歸來的憂心如淡淡迷霧籠罩的我而言，是唯一只屬於自己的娛樂時光。

我的手機裡有我將兒時的全家福翻拍下來保存的相簿，我經常打開看，但在想起種種回憶感到幸福的同時往往也悲從中來。

小時候爸爸一回來，媽媽就會故意說：「瞧，東京的叔叔來了。」一早就開心地叫醒我們。還有爸爸聽到她這麼說時的苦笑。以及爸爸看著年幼的我們，瞇起眼彷彿看到寶物的眼神。

但在我人生新出現的花束相薄這個寶物，是只剩我一人之後我自己發現的東西。足以令我確信每天都在進步。

僅僅如此，卻是唯一的渺小希望。褪色的世界之中，唯一有色彩的某種嶄新事物。只要有那個，我們就可以期待清晨醒來。就是那樣的東西。

*

我在兒玉叔家住的房間位於二樓邊間，為了方便我和小立隨時回來，愛乾淨的雅美姨總是打理得整齊清潔。

雙人床的上鋪屬於我。和喜歡高處、待在越高的地方越舒服的我不同，小立怕高。她只要在稍微高一點的地方就會睡不著。旅行投宿的旅館如果高於五樓，她甚至就會立刻要求換房間。

這次返鄉，還沒從雙人床的下鋪聽到小立那聲「美美，你已經睡了嗎」。不易入睡的小立總是這麼問，每次都會把我吵醒。那個把我從睡夢中拽回來令人鬱悶的聲音，如今格外懷念。

之前當我漸漸明白小立恐怕不可能突然跟沒事似地回來時，某晚我輾轉難眠，孤單地躺在那裡。

白天兒玉叔和雅美姨輪流看店，空暇時就開車四處找小立。他們外出的那幾個小時我也會幫忙看店。

他們也有同樣的感覺——小立沒遇上大麻煩，還活著，只是基於某種理由無法取得聯絡。

儘管如此他們還是驅車四處尋找小立，想到那種樣子，我就感到那彷彿是親情的彩線在街頭刺繡出的美景。

我再次感到，即使離開故鄉小鎮，因為有那個，我們才能在東京逍遙自得。

他們夫妻也常去探望我媽，所以這些年我倆才能毫無罪惡感地學習、遊玩。他們的口頭禪就是「這邊的事情交給我們，你們儘管花時間好好學習」。

他們已經成為我倆的另一對父母，所以我倆才能免於終日活在悲傷中。

不到這種地步就看不見的東西竟有這麼多，令我至今仍感愕然。

這個房間的窗外從以前就有大柳樹。

無數枝條垂落，小魚似的漂亮葉片沙沙沙地不停搖曳。彷彿風吹過整片芒草時，形成美麗的波浪起伏，令人百看不厭。就像是毛茸茸的狗狗被風吹得狗毛飛揚。

一直看著那波浪起伏，會有種不可思議之感，彷彿在眺望幻影。樹非常大，因此整個窗景都是搖晃的柳葉，幾乎忘了自己身在何處。

那晚就在那樣的柳樹夢境中，不，不知是夢還是現實之中，小立來了。

小立撥開綠波蕩漾的柳枝，像要惡作劇時那樣兩眼發亮，輕敲深夜的窗。

「啊，小立。你怎麼現在才來。我等你好久了。」

我極為尋常地坐起上半身，打開窗子。

小立穿著她常穿的黑襯衫。領口挖得很深，清楚可見令人懷念的漂亮鎖骨。

遇上傷心失志的難題時，我總是會找小立商量。

平時看似爽朗堅強的自己居然也有弱點，令我羞愧地略微垂眼，於是視線正好落在她的鎖骨上。她常說衣服包住脖子會透不過氣，所以不愛穿那種款式。

小立像玩單槓似的抓著樹枝，身手靈巧地像隻小松鼠一溜煙從窗口鑽進房間。

「欸，小立。」

我的聲音很平靜。

「是否還能見到你，讓我很不安。」

同時心裡也在想：明明現在都這樣見面了，我到底在說什麼？

「我現在，只是睡著了。置身在夢中世界。」

小立垂著睫毛說。

「想到我擅自行動一定讓美美很生氣我就很抱歉。當然我也對自己的狀況做了種種分析。還有媽媽，如果可以，我也想把她找回來。」

「我該去哪裡找，才能把你的身體找回來？」我問。

半夢半醒的我，得以坦率表露感情。在小立面前的我就像個小小孩，聲音也帶有小孩子那種撒嬌的味道。而夢中世界的小立比實際的她更沉穩。夢中彼此的模樣，或許更接近真實。

「媽媽居然能清醒，那種事我還沒辦法想像。」我說。

小立不當一回事地說：「關於媽媽，她如果醒了你當然很高興。你只是為了避免那種情緒爆發，為了避免刺激我，所以才小心翼翼不肯流露罷了。你就是這種人。我要努力試試看。我認為媽媽很快就會醒來，我也會立刻回來，不過我還不熟悉這裡的動向，只能憑感覺去了解，做一些沒做過的事，所以還不大了解方法。雖然我也知道這是日期和時機的問題。總之我現在正在養精蓄銳。但總會有辦法的。你安心等我。」

「小立，你很過分欸。只憑你自己的推測就讓人家這樣提心吊膽。不過我想起來了，以前像這種時候，你好像也是這種酷酷的感覺。一陣子沒見面我都忘了。或許你已自行培養出更理想的人格。就像是美女版的胖虎。」我說。

一旦小立在眼前，就覺得好像一直都在正常碰面，其實什麼事也沒發生。感覺大概就像一邊翻閱剛剛還在看的雜誌一邊還想繼續閒聊吧。那也是做夢的特徵之一。

「別說是媽媽了，就連我都回不來的可能性，或許也不能說完全沒有。」小立垂眼說。

「我光聽到這句話就已經害怕了。簡單來說，你的身體現在不在這個世界吧？」我說。

悲傷如暈開的墨汁緩緩侵蝕我的內心。唉，又來了。揮之不去始終籠罩眼前的這股強烈又陰暗的情緒支配我的全部。

「你如果抱著這種悲傷、罪惡感之類的東西，就難以與我溝通，屆時可能會妨礙我回來，所以美美你一定要保持輕鬆。不過，我想這對個性沉悶又敏感的美美來說大概是最困難的事。」

小立露出淘氣的笑容說。

我心想，她說的話和那個算命少女一樣。我自己看不見的缺點和毛病，想必在誰看來都一樣明顯吧。所以我才討厭自己。

「那種事我做不到！因為我陷得太深，連自己都不知道自己有這種毛病。真到了緊要關頭，總是被傷心的回憶支配，對於自己逃離故鄉自欺欺人地活到現在產生罪惡感變得無法動彈，這些事我根本不想知道。」我說。

小立對我說的話充耳不聞，逕自笑著說：

「欸，美美。萬一我回不來，下輩子一定也要投胎成為雙胞胎姊妹喔。下次就算是長得一模一樣的同卵雙胞胎也無所謂。沒事吵吵架，然後再和好。人生肯定一眨眼就結束了。待在這裡，就會很清楚這件事。」

「不不不，千萬別那麼說。我們馬上就碰面吧。我會去找你。不管有多危險。」我說。

「嗯，我知道。我會回來的。絕對沒問題。」小立說。接著又說：「美美光是待在這裡，就讓我好開心。因為我的擅自行動，使得上週還好好過著的快樂生活突然結束，連我都還無法接受。

可是我內心深處早已明白。當你以為生活周而復始，明天也和今天一樣時，忽然就會驚覺在一瞬間已進入截然不同的新層面了。簡直就像電玩遊戲的介面改變世界也跟著改變。」

「嗯，這點我已經憑著身體直覺深深感受到了。正因如此，才會這麼懷念不久前還過著的平凡生活。絕不是所謂的執著喔。我祈求媽媽的事情也能順利成功。不過最重要的還是要以你的生命安全優先。」我說。

腦海浮現的怎麼想都只有我媽躺在醫院的模樣。一次又一次想著「下一瞬間她或許就會睜開眼吧」猛揉眼睛的自己，只有空虛重複的希望碎片。就像要拿東西給分手的情人，還能藉機再見最後一次面，那種時候，縹緲的希望總帶來苦澀的喜悅。

「說到這個，浪費大家的時間實在很抱歉，不過我在這裡看著最開心的，就是兒玉叔和雅美姨四處找我的情景。讓我高興得簡直要掉眼淚，就像在舔糖球。喜悅真的能夠成為心靈的養分。正因為得到這種力量，我一定會把媽媽帶回來。

就像雅美姨，明明覺得我們姊妹很煩，但她終究還是很喜歡我們。所以，望著他倆，是一種幸福的景色，足以覆蓋掉爸爸死了媽媽一直沉睡的悲傷，以及在兒玉叔家不算受到熱烈歡迎的生活回憶。失去家人唯一值得慶幸的，就是曾經和他們吃過很多冰淇淋很多飯菜，不管怎樣還是一直被當成家人關愛。我們覺得是寄人籬下的生活，如今回想才明白那是真正的生活。幸好還來得及。」

小立露出陶醉的笑容說，眼中隱約浮現淚光。我覺得她的眼淚很美。就像荷葉上的朝露。

即使是雙胞胎也各自獨立。無論是誰都一樣孤獨。儘管如此仍可互相讚美。

此刻，小立肯定也在這晚的星空下，在另一個世界。

緊閉的雙眼合攏長睫毛沉睡。那和死亡有何不同我一直不太能理解。

小立遞給我一束這家院子裡叢生的御柳梅，有著宛如塑膠製品的明確形狀與色彩分明的紅白色小花。

能夠清楚感受那青草似的芳香。

籠罩在那和花朵一樣光輝的紅光中，眼前的小立漸漸模糊。

「小立，你別走。」我說。

小立慧黠微笑。

花的光芒和小立的光芒合而為一，倏然進入我眼中。

我的眼中蘊藏美麗的星子。心情稍微堅強了幾分。

我們一直是這樣互相理解著對話交流，活到現在。

對於二人相依為命毫無疑問，毫無煩惱。

我認為這點非常幸運。

做夢時流的淚已乾，黏在臉頰，那道淚痕又被剛流下的熱淚溶化。

不可思議的是，醒來的我，手中真的有御柳梅的小花。小花散發巨大的光芒。就像那種小花束。

彷彿在說，在這裡，就有希望。

*

我依照少女所言，就像玩RPG角色扮演遊戲那樣走向植物園。

植物園的入口斜對面，原先賣門票和簡單飲料的小店已經拆除變成空地。我早已聽兒玉叔說過。幾年前在那棟小房子的入口開店的夫婦死於火災。對於這個和平的（雖然無法完全這麼斷言）小鎮而言那是重大事件，大家都為他們默哀。

從小就來植物園的本地人，向來都是向那對叔叔阿姨買門票和飲料零食，受到他們的關愛。他們後來變成老爺爺老奶奶，老爺爺有點失智，不慎引燃火苗導致火災。

漆黑的焦土上一如我所預料放著那個小花束。

我給花束拍照。

那是開著粉色毛茸茸花球的雜草和三葉草組成的迷你花束。不知為何能夠這樣始終不凋，還保持原有的清新鮮嫩？

「對了，我忘了帶鮮花來，也沒上香。我什麼時候變成這樣的大忙人了。枉費他們生前對我那麼親切。」

如果只想著自己絕對不會有好事，可是還年輕的我總是立刻忘記這點。

他們的人生結局雖然並不圓滿，但他們刻畫在這裡的美麗足跡並未消失。那就是城市。

渺小花束的力量如清風把我的心倏然抬到那麼高的地方。

我直覺，或許製作花束的人連看花者的這種變化都隱約有所了解。

我去超市買了鮮花、線香和打火機，放在那小花束的旁邊，點燃線香，待在那裡獻上簡短的祈禱直到線香燃盡。
我覺得非常不可思議。
我買的那束花明明比較豪華，不僅夾雜五顏六色的花朵而且也更大，然而那個小花束更神聖，遠比我買的花有力量。
人類哀悼什麼或讚美什麼時就會摘花製成花束，那最初的心情我想大概就是這樣吧。
進而，那種心情也促使某人在最初的狀況下開始創造藝術作品，作品打動人心，讓他人都想接觸那個。那是與政治或掌權者掛鉤前的藝術真正的樣子。
我深深感嘆。再次感到個人的思想力量真的很偉大。
之後，我在那家商店燒毀後只剩公車站牌旁那處的小窗口買了門票進入植物園，獨自坐在我每次和媽媽及小立最喜歡坐的地方——溫室裡的長椅。
冷清的植物園內有大型溫室，有很多南方樹木，冬天也溫暖如春，因此媽媽和我還有小立都喜歡來這裡。那是滿懷憧憬也絕對無法企及的南國天空。

那個場所的毫無改變讓我大吃一驚。就連木製長椅剝落磨損的地方都和以前完全一樣，可我身旁沒有小立也沒有媽媽。我長大了，已經可以獨自付錢買門票，獨自在這裡度過。不知不覺，轉眼之間。

望著看似寒冷的天空，喝下的熱紅茶溫柔滲入胃袋。與溫室裡的濃郁綠意重疊，玻璃外的嚴冬樹木在無風的午後向天高高聳立，彷彿在定睛看著我。

小立不在了，過去單純的我以為合理的生活方式就像透過稜鏡的光，突然複雜地扭曲。天空、土地和樹木對於我的生活方式沒有任何回答。

他們只是悄然在那裡，用那透明的眼眸始終凝視我。

如果我沒有滿腦子只想著自己的事，願意敞開心扉的話，周遭小小的自然環境及生活想必會對我非常溫柔。

只是默默眺望天空，或者碰觸土地感受土中殘留的甜美陽光，在樹蔭搖曳的光影處聽著沙沙聲響睡去，兒時能夠自然接受那些的幸福時光至今仍令我懷念。

*

喝了一肚子紅茶，我也沒釐清思緒就再次上街。

從植物園前的公車站到我媽沉睡的本地最大醫院僅有二站的距離，因此我跳上正好抵達的公車。

午後的公車上都是不趕時間的乘客，位子也很空。穿過陽光普照的懷念街頭就像是時光倒流回到過去。我切實感到，自己正在這樣漸漸找回此刻身在這個城鎮的自己。

醫院的周遭都是藥局和供應午餐的店，這一帶隨時擠滿人潮十分熱鬧。每次去那裡都覺得很像觀光區。

人們來到醫院，領藥，吃完午餐回家。就像去神社或寺廟參拜。

入口門戶大開連大型停車場都極為寬敞，還有巨大的圓環和庭園。庭園的水池周圍，人們各有所思地休憩或會客或抽菸。

我媽住的是第三棟最後方那座風格厚重的老建築，穿過前方的嶄新住院大樓及門診大樓熱鬧的世界沿著走廊走到那一棟後，甚至會被過度的安靜給嚇到。

一樓是X光室。另外只有感染病的樓層和神經科的病房。地下室是太平間。就是那麼冷清的病棟。

三樓最後方的四人房內，我媽今天依然沉睡。她一直是老樣子，令我對時間的感覺幾乎錯亂。她一直插著打點滴的針頭。包了尿片卻沒插尿管。也沒有戴人工呼吸器。

就這樣躺著緩緩老去的媽媽，現在不知有著什麼樣的聲音？我凝望她眼角細小的皺紋不禁思忖。

「媽媽，你真的會很快醒來嗎？」

我試著問道。

室內充滿濃重的鼾聲，空氣凝重。總覺得躺在那裡的是比死人死得更澈底的人。走過走廊的護理師發出生氣蓬勃的人間聲響，聽來異常遙遠。

我握著媽媽枯瘦的小手。

「如果你真的能回來，那我很高興。總之不管怎樣我都不會忘記媽媽。我和小立馬上就會回到這裡了。到時候就能更常來摸媽媽的手。」我說。

媽媽的手和昔日撫養我們做家事時的手已經全然不同。只感到未使用的工具那種乾枯的氣息。而且始終非常冰冷。這就是現實。我不禁有點軟弱。

我不停對媽媽說話。摩挲她的手腳。

從很久以前就一再重複的這些動作，總讓我覺得像在懺悔。

但我相信媽媽內心深處的清澈湖泊中正有這個聲音響起。

我總是堅定地用力這麼想，但是待久了之後，連我心中的某種東西似乎都跟著沉睡，變得很空虛。我親吻媽媽冰冷的臉頰後匆匆離開病房。

一邊想著，究竟該如何才能真正傳達這滿心的愛憐？

小立與我不同。

她總是態度尋常地說著「媽媽早安」走進病房，偶爾還因為嗓門太大遭到護理師警告，同時她還會唱歌給媽媽聽，為媽媽朗讀書籍，把最近的煩惱告訴媽媽。換言之，她的策略是「完全漠視媽媽沉睡的狀況」。

她會在媽媽的病床邊埋頭縫製沒做完的衣服。也會哼哼唱唱，狼吞虎嚥三明治，偶爾還喝點啤酒。

我實在做不到那種事。大概是會隱約覺得自己在演戲吧。因此，我非常感激她。

小立經常就那樣趴在媽媽的病床邊陷入熟睡，有時我實在無法等她醒來也會自己先走。事後總是被她嘮叨「幹嘛丟下我一個人，不過能跟媽媽一起睡覺我很高興」。那就是慷慨大方又可愛的小立。

*

接著該做的是掃墓。

已經接近傍晚了，但我想趁著今天把事情做完，因此還是前往寺院。

寺院徒步即可抵達，中途我買了爸爸生前喜歡的白百合和線香（忽然想到今天可真是頻繁碰上花的日子。這是隨時有花香圍繞身旁的一天），穿過大門，前往寺務所。

比起我以前見過的住持，外表雖然老了很多，走路也有點行動不便，但是身材高得不尋常的住持不可思議的氣質並未改變。

他的身高約有二公尺，眼神犀利，手和脖子都有很多毛，只有腦袋剃成光頭，看起來很可怕。小時候的我甚至覺得他是妖怪或惡魔的化身，而且大家也都很怕他。仔細想想，小鎮有那樣外表的人存在這本身就已經很不尋常了，但是習慣這種東西還真可怕。

看到他年老的樣子，昔日的恐懼澈底消失，能夠率真感到一切都已過去了。他的手臂和脖子的毛也都白了。

想必只有我的時間在離開此地的那一刻就已停止吧。

「您好，請問本地還是有很多人不選擇火葬嗎？」

我仰頭看他仰得脖子都痛了，如此問道。

「這是什麼話，這裡大家都是火葬啊。」

住持一臉驚訝地說：

「如今法律就是這麼規定的，不採取火葬會出問題的。」

「我倒是沒這麼聽說。」

我試著進一步試探。這是對話中使出的一記刺拳。

住持說：「那是以前的事吧？比我們早一點那個時代的人，為了保護世界，和惡魔做過交易。」

「保護世界？這麼說會不會有點太誇張？」我說。

「可是事實就是如此。就意義而言和核電廠並沒有什麼不同。如果這個城市不接受，其他地方就會變成那樣。我們沒有選擇那個，選擇了共存。狀況如果改變當然另當別論。比方說，許多人還活著就成為祭品之類的。不過據說就是因為沒那種事，我們才會接納『捐獻大體』的做法。寺裡和地主家都還留著當時的紀錄。」

住持淡然回答。表情就像是已經和無數前來詢問此事的人對答過多次。

接納祕密的場所，氛圍之中會有某種東西讓人陶醉。只因為抱著奇妙的傳說，大家共同見到的特殊，會讓某種宛如淡夢的東西與迷霧一起瀰漫在城市的空氣中。

在那樣憂愁的世界中，偶爾短暫放晴照入陽光，或者人們開心地吃著兒玉叔店裡的冰淇淋，看著無知的孩童們在路上四處玩耍，就感覺更加強調了這世界的美好。

這種讓人上癮的獨特激昂感，在東京等其他地方絕對體會不到。

想必人就是為了尋求這個，才渴望「祕密」與「特別」吧。

「不管怎樣，那是只有最低限度的人知道即可的往事，最好不要想太多喔。

畢竟現在已是和平時代了。你是哪裡人？該不會是記者？」住持低聲說。

那高大的身材一旦露出駭人的表情，就算他已年老還是很可怕。

「不，我以前就住在這裡，我父親意外過世，所以我只是返鄉來掃墓。」我說。

住持定睛注視我不發一語。我內心那個幼小的我嚇得渾身緊繃。

「啊，我知道了！是美美吧，你是美美？好久不見。」

住持的聲調突然變得柔和，本來狐疑地瞇起的眼睛瞇得更小看著我。此刻那眼中蘊藏驚訝的光芒。他那審視外人的眼神，忽然變成看待本地居民的親切眼神。那當然不會令人不快。感覺就像獲得認可成為某種會員。

「當初那麼小的美美都長這麼大了啊。小地方一點也沒變。可是變漂亮了。你父親的事情很遺憾。你母親還沒醒？」住持說。

「是的，我媽還在住院。您還記得我？」我瞪圓雙眼說。

「嗯。當然記得。你以前不是念過我們寺裡附設的幼稚園。啊，對了，我想起來了。」他帶著慈祥的眼神說。

我問：「請問小立最近來過嗎？」

「你那個雙胞胎妹妹？沒有，我沒見過。就算樣子變了，只要見到面我一定認得出來。就像剛才見到你時，理所當然地覺得應該是這裡出身的人。」他說。

看起來不像在說謊，這下子可以確定小立沒見過他。這個不是好人也不是壞人的人，讓我鮮明想起他給人的感覺。

「對了，守墓老弟來了。我的腳不方便，所以都是他以幾乎等於做義工的價錢替我打掃和管理這裡。你如果有興趣，可以跟他聊一聊。你們年紀相仿，他母親也是因為沉睡病過世。他對這件事也琢磨過種種想法，所以我想你們應該聊得來。」

住持看著我身後的墓地突然這麼說。

我迅速轉頭看。

那裡站了一個看起來比我小一點的青年。

那就是我和「守墓哥」的相識。

當然那只是他的綽號，並非本名。但我是憑那個綽號認識他的，而且那個綽號也非常適合他，所以我就一直那樣喊他了。

他從墓地中彷彿撥開雜草和墳墓倏然出現。

他的眼睛和頭髮都是淺褐色。有著清爽的短髮和肌肉發達的壯碩手臂，以及寬闊的肩膀。身穿七〇年代搖滾圖案的黑色T恤。奇妙地散發深奧的氣質，是個彷彿敞開心胸擁抱世界的爽朗青年。

我當下直覺，這個守墓哥就是能夠改變我人生的人。

走近的他，眼中閃耀睿智的光芒。彷彿仰望星空，是那種會把人吸進去的深邃。

「我叫做美美。是經營夢想冰淇淋店的兒玉家的養女。」

兒玉叔的店名在口中如冰淇淋甜美融化。就像在算命師的房子裡少女舔唇時。我心想，這句話原來如此甜美啊。

*

「如今你爸爸過世了，為了等你媽醒來，我想先收養你們姊妹，確立今後的體制。我也打算拜託議員及地主，把法律方面的問題處理妥當。用來賄賂他們的當然只有冰淇淋。

今後你們上學或決定人生走哪條路時，如果沒有監護人會很麻煩。我不會讓你們陷入那種困境。雖然我家不算富裕，我們夫妻作為家人或許不大可靠，但我希望你們把我們當成家人住下來。在你們的媽媽必然清醒的那一天來臨前，我和雅美今後就暫時代替你們的父母。」

兒玉叔當時毫不遲疑地毅然表態。

「兒，玉，叔。謝，謝，你。」小立說。

一字一音聽得清清楚楚，就像密宗真言沁入體內。在我過往人生中從未聽過如此誠摯的謝謝。那是小立最了不起的地方。我真切希望自己也能這樣說謝謝。

我對兒玉叔也有同樣的感謝，但是種種不安，令我連一句「今後請多關照」都說不出口。

被在場的一切感動得泫然欲泣的我，臉孔倒映在晦暗的玻璃上。

那張臉和媽媽相似得可怕。

甚至讓我懷疑媽媽也在，不禁嚇了一跳。

想見清醒的媽媽時只要看夜晚的玻璃即可——本想這麼開個玩笑，結果反而平添寂寞。

夜晚的群樹發出不安的聲響沙沙晃動。似乎在吶喊著絕對不放我們去任何地方。真奇怪，這一帶的樹木明明向來是站在我這邊的——那一刻，我恍惚這麼想。

我之所以如此寂寞，是因為和總是滿懷希望等待媽媽醒來的小立相比，覺得媽媽再也不會醒的預感已經陰暗地籠罩我。

*

「啊，我知道了。平時都是我在打理令尊的墳墓。而且兒玉先生夫妻也經常來給令尊上墳。那座墳墓是幸福的。絕對沒有被人遺忘。」

守墓哥以意外開朗的語氣說。

「你年紀輕輕的為什麼會從事打掃墓地的工作呢？」我問。

「去年我媽過世了。我們母子多年來相依為命，所以我或許很快會離開此地。在離開之前我想為這裡做些我能做的，所以才來打工。每天這樣打掃墓地，會有很多新發現，做久了不知不覺就變成現在這樣了。

我的親生父親是美國人，在歐胡島經營果園和果醬、養蜂的事業。我現在一邊整理遺物，一邊還在猶豫是否要去父親家住。他雖然叫我過去，但是可能會叫我在他的公司上班或者繼承他的事業，所以我遲遲難以做出決定。如果只是去玩我當然會去，可我還無法考慮是否該和他們加深關係。畢竟，在這裡每天還有很多事要做。我想做到自己覺得告一段落為止。如果這個墓地整理好了，我覺得整個城鎮也會跟著改變。不過這或許是我自己的幻想。」

守墓哥露出看著遠方的迷惘眼神說。

就連初次見面的此人都立刻說要離開此地。我非常失望。

年輕人陸續離開，此地已經逐漸變成真的什麼也沒有的鄉下空城。禁忌的奇妙過去也漸漸都消失了。那全然是椿好事還是人事凋零的悲哀，我無法判斷。想必二者皆非吧。純粹就只是時光流逝。

他一手拿著水桶掃帚和刷子，另一手拎的垃圾袋內已裝滿枝葉和枯萎的花。

「我來給我爸爸掃墓，想獻上線香和鮮花，如果方便的話，能否陪我一起去？因為已經接近傍晚，天色都暗了。」

這下子應該不用獨自走進昏暗的墓地內，我鬆了一口氣。

我也不知道為何會覺得守墓哥是如此值得信賴的人，但我就是真心這麼認為。

「好啊，我把垃圾袋放好就去找你。我記得令尊的墳墓是在第三區後方吧。就是地勢較低的那邊。」

我暗自佩服，一邊點頭。

我決定等他忙完再去掃墓。

住持用一如既往地冷淡態度說聲「那我走了」就閃人了。

他對此地的陰暗過去和地主瞭解頗多已是本地公認的事實，就算很想知道過去的真相找他打聽也得不到明確的答案，但是他也不會讓人感到自己被嫌棄，只要碰面，他總是像自家人般親切地話家常，讓我生動想起他就是這樣難以定義的人物。

兒玉叔總是說，「在這個有過黑暗歷史的地方，光是和平地製作好吃的冰淇淋就已是對軟弱的自己一種叛逆了。」喜歡唱反調的我曾經認為他只是在夸談理想，但他那種天真拯救了我們，而且在我年紀漸長後也漸漸覺得的確如他所言。

這個時間的墓地空無一人，我暗自慶幸有守墓哥陪同。他替我拎著裝了水的沉重水桶，還說水或許不夠澆墳墓周圍的樹木，又替我去附近的水龍頭接水。我再次慶幸有這個孔武有力的爽朗青年在場。

我動手刷洗隱約已有青苔的墓碑。把墳墓打掃乾淨果然會讓人心情安寧。彷彿連自己的心靈也打磨乾淨。我暗忖，好像可以理解守墓哥的心情了。

昏暗的空間中，整齊排列的墓碑看起來就像個性各有千秋的人們站立的姿態。我充分理解到，如果有什麼東西帶著悲傷落寞的氣氛，自然會想把它整理得清潔明亮。

替爸爸掃墓後，我對守墓哥說：

「請問，你知道以前在植物園附近賣門票和零食果汁的那對夫妻葬在哪裡嗎？我想祭拜一下。」

守墓哥定定看著我，以眼神傳達「謝謝你這麼說」的無言之言。而我的確接也收到了，於是我也看著他的眼睛。

「在那邊。我帶你去。」
他說著邁步走去。
那對夫妻的墳墓和他們沉靜的氣質一樣小巧安靜，我點燃線香，合掌膜拜。並且把替爸爸掃墓買來的鮮花分了一些給他們。因為沒有水，守墓哥又拎起水桶去裝水了。
就在我把花分別插入花瓶時，身後響起窸窸窣窣的聲音。我轉頭一看，一個黑影迅速掠過。咦？守墓哥應該是去正對面的水龍頭接水，難道他從反方向繞回這邊嗎？就在我這麼猜想，拿著刷子東張西望之際，前方出現了正急忙趕回來的守墓哥。
他的表情在陰影中看不清楚，但我定睛仔細一看，他的神色非常驚慌。
「怎麼了？怎麼了？」我大聲說。
他指著我身後說，「後面！」
我驚訝地轉身一看，穿著死神或「鼠男[4]」那種連帽披風的矮小黑色物體，正要從後方偷襲我。夾帶一股彷彿舊皮毛或爛水果的臭味。我心想，對了，打從不久之前，線香的氣味之中就混雜了這股臭味。

「呀——！」

我尖叫著向後彈開。

那玩意身手靈活如野獸，保持低矮的姿勢滑行般一溜煙逃走了。

「那是什麼？剛才那是什麼？」我問。

守墓哥臉色鐵青說：「嗯——該怎麼說明才好呢？類似自古以來一直在這墓地的流浪機器人或者野狗吧。最近已經很久沒見過了，不知道怎麼會出現？或許是你身上散發外來者的不同氣息吧。你到底是誰？是有什麼祕密的大人物嗎？」

「我就只是兒玉美美啊。」我說。

心臟依然撲通撲通跳得飛快。剛才如果他不在，讓對方撲上來，不知會變成怎樣。我會被掐死？被擄走？

「剛才幸好有你在。」我說。

「那傢伙想對我做什麼？」

「我每次也一頭霧水。」守墓哥說。

「那些傢伙不知怎的最近對我什麼也沒做。只是從遠處觀望。他們幾乎已經滅絕了。我以為等同消失。而且他們的攻擊性也不算高。只要真想甩開他們絕對做得到。拿掃把揮舞著驅趕兩下，他們就會立刻逃往山中或是焚化場。怎麼看都像野狗。

……我今天的工作已經結束了。要不要去我家的樓頂喝杯茶？如果能就那方面多聊一下我會很高興。」守墓哥說。

「好，謝謝你的邀請。我真的很高興。現在，我也很想找個人聊聊那件事。」我說。

4　鼠男：水木茂的知名漫畫《鬼太郎》中的角色，人類和妖怪生的半妖。

心臟依然跳得很快。那是撞見沒見過的東西帶來的衝擊。而且滿腦子只有「終於找到了可以替我把拼圖拼上的人」這個念頭。他沉穩的氣質，讓我沐浴在有生以來從未體驗過的安心感。

「驅使殭屍？絕對免談！」

我嘀咕著和守墓哥一起離開墓地。

說到記憶中見過的怪誕景象，我記得以前我們一家四口去野餐爬後山那天，簡直就像三島由紀夫的小說，全家一起看見小型飛碟。

這一帶，真的有很多莫名其妙的事。

地主家門前有遺跡，山坡表面有古代繪畫，翻越山嶺的高原鄰鎮有巨石陣。或許就是因為這樣吧。

每次想起當時的事，心情就像剛才看到會動的殭屍一樣，總覺得不可能有那種事，自己八成在做夢。

當時我們察覺從下方湧現光芒的異樣色彩，轉頭一看，只見三角形的飛碟正在快速升空。虹彩與金色與透明全部混在一起的光芒照亮萬物，同時還在以令人暈眩的速度高速旋轉。

我記得被光芒照亮的媽媽當時神情非常驚訝。

爸爸只是呆住了。我對於爸媽明明有相機居然沒想到拍照存證有點驚訝。我想把這件事告訴小立，小立卻制止我。她說那樣做在此地肯定會惹出麻煩，所以最好不要記錄下來。我心想她講話真像個大人。實際上她也的確是一臉成熟地這麼說。

全家被從未見過的虹彩強光照耀的感覺很不可思議。群樹也被照亮，呈現怪異的色彩。

從不斷遠去的飛碟看到的，不知又是怎樣。

我是說一臉呆滯手牽手的我們一家四口。

飛碟的底部渾圓光滑。沒有任何測量儀器也沒有金屬組成的螺絲，就只是光滑圓潤地隱約發光。那種光芒之美，就像彩虹加上清晨第一道陽光和海上的粼粼波光，璀璨得令人看得出神。感覺它就那樣鬧哄哄地不停旋轉。

過了一會，它用我從未在這世上見過的速度，咻的一聲，像被吸入空中般消失了。

「剛才那個你們看到了嗎？看到了嗎？超屌！」我說。

「不准講話那麼粗俗。」媽媽說。

「大家一起看到不得了的東西呢。這是很好的紀念。死了也能安心瞑目了。」

爸爸淡定說道。他果真在那之後很快就死了。

為什麼爸爸看到那麼詭異的景象還能雲淡風輕地說出那種話，我當時不明白，但我想那種雲淡風輕的感覺象徵了爸爸的全部。

「那種光芒真漂亮。不知怎的讓人覺得這下子一切都值得了。」爸爸又說。

小立帶著不可思議的表情一直在仰望天空。恍惚失焦的眼神彷彿一直在追逐已經消失蹤影的飛碟。那時的小立非常美。就連每一根頭髮都像是圖畫一樣被描繪得異常生動。

飛碟和小立，全家人的一起目睹，以及大家驚訝得不由手牽手的情景，這些事情同等美好，同時也似乎極為尋常。

＊

守墓哥年紀輕輕已經擁有土地。

這就難怪他對夏威夷之行猶豫不決，難以抉擇是否要在可能和父親的家庭產生複雜關係的情況下繼承事業了。

只要解決固定資產稅和遺產稅之類的問題，他應該可以維持現狀在此地過著晴耕雨讀的逍遙生活。或許就是這個環境讓他那麼優雅吧，我暗自恍然。

他在車站前的大馬路拐進巷弄之處有一棟四層樓房。

替他的外婆和母親買下那棟樓房的，據說是早逝的外公。外公原本是在臺灣工作的日本企業家，和身為臺灣人的外婆結婚後搬來此地。

守墓哥的外婆原本在車站前的大馬路開設小小的臺灣料理店。我也記得那家店。我媽經常買粽子、香腸、愛玉冰和滷肉飯外帶回來。外婆過世，收掉那家店之後，他最近才過世的母親據說就在四樓住家的廚房和客廳教人做臺灣菜。

他的老家長年來靜靜累積的力量，在此地已經讓臺灣料理滲透到庶民生活之間。所以我們平時也是吃著米粉和對折的煎蛋還有愛玉冰、仙草凍長大的。

聽了他的敘述我才知道，我們一家對臺灣料理的接受度之高原來是拜這家人所賜啊。

守墓哥家的樓房其他樓層每層有四間小套房，專門出租給女性。

他自己是在母親生前住的四樓整個樓層生活，不過他說天氣晴朗的季節會用樓頂當作客廳。

這種舊樓房沒有電梯，我們是走樓梯上四樓。

我看到美麗的石頭抵著樓頂的門。

那是我從未見過的紫水晶，美麗、巨大又渾圓。仔細一看，並不是像對半剖開的竹子那樣形狀扭曲尖銳。已經被打磨得像小山那樣線條徐緩，裡面有裂縫，可以看見許多紫水晶的結晶。宛如藝術作品展現完美的均衡感。

我在門旁又有新發現。

藤編的大籃子內，玻璃器皿中放了許多小花束。

「啊，是那種花束。這是我很喜歡的花束。在鎮上很多地方都有！」我不禁大聲說。

沒想到竟然是他做的。

那是點與點相連成為美麗一線的瞬間。

在這種鄉下小鎮，有人做的都是我喜歡的事，簡直太有默契了。

「你知道？你見過？你發現了？太好了。這是我的畢生志業之一。」他打從心底喜悅地說。

「我在很多地方都放了花用來祭拜。起初只是放在墓地，不過現在已經自然而然超越墓地，在各種地方都會放花祭拜。」

「啊，所以我爸媽出車禍的地方才會也有花束啊。你看，我每次發現這種花束就會拍很多照片保存下來。心情不好時我經常看這個。」

我把花束攝影集給作者本人看。

「這樣啊，在那裡往生的，原來是你父親。」

他看著照片感慨萬千說。

「我媽在那場車禍後，一直躺在醫院沒醒。」我說。

「是嗎……那種彷彿天天飄在半空的心情我痛徹理解。或許你已聽住持說過，我媽也是得了沉睡病就此過世。不過她的程度比較輕，是在家裡自己照顧。」守墓哥說。

我暗自恍然，我們都有同樣的體驗，難怪會感覺如此親近。

「本來一開始是為了給我媽的枕邊增添一點色彩。但我覺得用我媽的錢買花回來送給她很矛盾，於是用院子的草或附近雜草做成花束，漸漸就知道哪個地方需要花了。不過，這種能力如果離開此地就完全派不上用場了。」

「不，肯定會有什麼用處。或許稱為作品也行。我從沒見過意義那麼深遠的花束。」我說。

守墓哥看起來真的很高興地咧嘴微笑。臉都紅了。想必之前沒有任何人這樣注意到那種花束的力量。我很慶幸來得及作出評價。

「那是一種很悲哀的病。據說是那個世界才有的某種特殊的、像疱疹那樣藏在神經內的病毒造成的，不過罹患那種病的人非常少所以現在已經無人關心，這種病成了燙手山芋打不得碰不得。任由病人沉睡數十年，最後逐漸衰弱像植物枯萎那樣死去。我每天就只能這麼看著。」他說。

「我聽很多大人都說，我媽得了那種只有透過遺傳才會發病的怪症，可見她應該不是純種的人類，但我以前以為那當然是開玩笑。相依為命的母親漸漸陷入沉睡，直到再也醒不過來的那段日子，是我人生之中最陰暗、最可怕、最寂寞的時候。或許就是那種言語難以表達的經驗讓我成為現在的我。

在那種心靈脆弱的狀態下調查到的本地古老傳說，全都像科幻或恐怖小說，甚至對生死的感覺都被剝奪。從剛才的交談可以發現，你對那方面已有某種程度的了解才會回來的吧？此地果然還是很奇怪的地方。」

「嗯。雖然還有點不確定是否能夠明確地說我回來了。」

我平靜地點頭。然後問道：

「剛才看到的東西，對你來說是什麼定位？你不害怕嗎？我已經夠驚嚇了，況且還有那個臭味……！」我不禁皺起臉說。

「據說是以前和那個世界相通時，從那邊跑出來，後來就這麼留下了。那玩意類似機器人，因此據說壽命非常長。」

守墓哥淡然回答。

「所以那種氣味是經過長時間醞釀而成的吧……。守墓哥，你竟然能夠習慣那種東西的存在，可見習慣真可怕。現在那已經……當然已經製造不出來了吧？」

我不禁欲言又止地說。

「這裡已經什麼也沒有了。也沒有事件發生。一切都結束了。只有傳說和睡眠病人以及那種殭屍還零零星星留下一點痕跡。所以只有像我們這種無法再見到父母滿心遺憾的人，抱著像殘骸一樣的遺憾而已。」

守墓哥說出和別人完全一樣的說詞。

可是我在這一刻頭一次深深理解。

想必那是因為他獨自照顧睡眠病的母親，製作花束，打掃墓地祭拜死者的心路歷程格外真摯吧。或許我也必須經歷那條路。雖然剛看過母親活著的身體，所以不願這麼想，但內心深處一直有那條路。

正因如此才會感受到他說的話有多沉重。

「那就像我父親堆滿家中的外文書和我媽的烹飪用具一樣。已經過去的感覺就像層層堆疊的地層。當然也曾夢想著忘記一切了無牽掛地離開這裡，但那很難做到。習慣了彷彿飄在空中的生活，甚至漸漸愛上。一旦想起這樣也沒什麼不好似乎就再也回不去了。我逐漸覺得這個吹上鎮是夢幻場所。有外婆和我老媽還住在這裡做臺灣料理時的懷念生活，好像其實是理想的場所。」

聲音中蘊藏的貼心關懷，沉靜且強烈地感動了我。

那不是熱呼呼的熱情，嚴格說來比較像是在路旁偶遇想必以後也不會再見到的野貓，被野貓親熱地蹭來蹭去時那種惆悵。那種想挽留此刻的念頭。彷彿站在狂風呼嘯中，心情激盪不已。

「看到那花束，我就直覺，一直像畫畫一樣製作那種花束的人，一定住在這種美好的地方，而且他的生活八成也像作品本身。」

「啊，真的？我好開心。我一直在想有一天或許有人會發現。但我沒有抱著期待。」

他又臉紅了。

我突然發現已經回不去的自己。

對於這個封閉的城鎮和自己童年的回憶，隨著與他的邂逅突然重現腦海，創造出一股清流。

和那花束一樣。新的邂逅，只屬於我自己的我頭一次在這裡。我如是想。

我對我的過往人生真的很滿足，但我終於發現，以往顯然沒有任何東西是只屬於我的。這或許才是我找回自己的人生長大成人的真正開始。

一直盯著守墓哥看久了，才發現他的雙眸之中美如銀河的星星放射閃爍的暴烈光芒。我覺得眼中的小立賜予的嶄新光輝似乎也與之呼應開始鏗然作響。我也即將步入新的地方。

一切皆如算命少女所言。

絕非戀愛，卻強烈又令人緬懷地不斷改變自己的感情，正是這個。

守墓哥給帳篷門口厚重的透明塑膠布縫隙伸出的插座插上電熱水壺。拿起水壺時他似乎忽然想到什麼，又走進帳篷，拿了保特瓶裝的水出來。

「我發現在這附近，這種水最適合泡紅茶。這種紅茶是臺灣的朋友在自家茶園完全沒有用農藥栽培出來的手摘臺灣紅茶。還有，這水是翻過後山去那裡的山泉源頭取來的。這種水可是鄰鎮的觀光招牌喔。這樣的生活很費事，而且和所謂的『精緻生活』成對比，以粗糙又獨特的方式隨性過日子，但我現在隱居，所以無所謂。倒是多出很多時間。」

說著，他把泉水倒入水壺。

「你這種生活簡直像神仙。」我說。

樓頂的水泥地上，亂七八糟散布著曬乾的胡蘿蔔和番茄、泡在水桶裡大概是要洗的成堆器皿（塗漆的素樸木器、一看就像骨董店賣的那種伊萬里彩繪瓷盤、大概是他母親用過的七〇年代風格圖案的大馬克杯）、裝了扭乾了準備晾曬的衣物的盆子等等。

火盆裡有漂亮的木炭熊熊燃燒。把手伸過去就會感到熾熱的空氣倏然傳來。

為了避免外人將這棟小房子一覽無遺，到處都拉起繩索曬滿衣物。有大片的布匹和毛巾，還有T恤及絨毛外套、牛仔褲，都是一些平凡無奇的簡樸服裝。可是只因為出現在守墓哥的世界裡，就好像施了魔法似的有種珍貴的氛圍。看起來簡直像是為了曬在這樓頂上特別設計的。只要沒下雨，想必也不會勤快地把這些衣物一一收回去吧。

「我連衣服都直接穿我老媽的，過得很節儉。如果到了無人機運送物品的時代，住樓頂倒是最輕鬆省事。不過這種生活應該持續不到那個時候。」

「你不肯待在家裡，一方面也是因為屋裡充滿你媽媽的回憶很難過嗎？」我問。

「不，難過在那之前就已經充分體會過了。現在的狀況，純粹是書本和雜物太多把我趕出來了。為了整理我媽的遺物一旦打開了就再也收拾不了。每天看到的都是過去的東西會喘不過氣，有時也會掉眼淚，好像一直困在過去之中，為了尋求解放感，只好到樓頂來透透氣，結果自然而然就變成這樣的生活了。當然如果天氣變得更冷時我還是會回到下面的房間啦。現在才剛入秋，所以沒問題。」

他那種淡定的說話方式很可愛，我不禁微笑。

「等茶泡好了，有興趣的話我可以去樓下拿我老媽遺留的愛玉來。你知道那個嗎？要不要吃吃看？」他說。

我很驚訝。

「果然！」

雖然早已知道，但是關鍵字的出現還是令我驚呼。

「怎麼了？」

他露出詫異的神情後，又說道：

「從外婆那一代開始在店裡販賣，我家就有數量驚人的那種罐頭。」

我慢慢品味夢境變成現實的甜美瞬間。

此刻只有一瞬。此生難再品味這寶貴的瞬間。這樣的偶然出現，是發現某種東西的瞬間美味。

我再開口時有點像在掩飾什麼。

因為我實在說不出「我去『彩虹之家』算過命，她說我將來或許會跟你生小孩」這種話。

「我以前以為，本地人是因為無法公然說出口所以才使用比喻。八成是本地最有權力的人物家中代代都有腦子出問題的人，三不五時跑去挖墳，於是大家一致決定換個說法，用『通往異世界的管道』或『驅使怪物』暗指那種行為。可是剛才真的看到那種生物——不，該說是死物？我忽然覺得或許單純就只是一切都是真的。」

「我想，你那個解釋幾乎大致上都是對的。」他淡然說道。

「當時的地主真的來自異世界，想必就這麼簡單。從最早來的那個人算起，傳到大地主好像已經是第三代了。想必已經完全融入這邊的世界吧。現在的大地主據說是很低調的人喔。」

那天看到飛碟，至今內心深處都還懷疑是做夢，可是現在對於自己必須接受這個設定卻感到奇妙的心虛。是否有一天我也可能因為某種原因罹患沉睡病或者異常長壽？

「如果不這樣隨性看待，在這個把怪事視為理所當然的封閉小鎮根本活不下去。」他說。

「看守墓地時會覺得死者紛紛對我訴說各種話題，自然而然漸漸懂得很多事，會感到你媽是否真的已經醒不過來了仍是疑問。該怎麼說呢，就像是只拿到幾片拼圖。我想那或許就是醒來的可能性。我媽是真的漸漸變成空殼子，所以我知道二者的差別。你媽在某方面是很特別的人嗎？」

「今天才剛被別人這麼說過。還說我或許太悲觀。我媽以前據說也曾從沉睡中醒來，好像是很罕見的例子。」我說。

「不管她是什麼人，對我們姊妹而言都是最愛的媽媽。想到她可能醒來，就會心慌意亂。之前一度已經真的絕望傷心，現在又要重拾希望讓我很害怕。

你想想看，直到上週為止，我還努力什麼都不看不聽不想地和我妹住在大都市，按時去打工，每週練一次拳擊，回程去吃炒飯喝啤酒。回到家後有我妹在埋頭縫製樸素的衣服，我曾經每天都希望這樣的生活能持續到永遠。我好不容易才找回無比安詳的人生。才剛嚐到一點點人生的樂趣。突然被丟進這樣的變化中，我完全不知如何是好。」

「也對，那的確是。不過，人生不就是充滿變化嗎？會不斷更新。沒什麼好焦急的。而且如果你一直刻意不看不聽不思考，那畢竟不快樂。純粹只是等於做復建吧。不可能長久。」

做復健。不可能長久。

他也說出和那對姊妹花一樣的話。

守墓哥起身，從水桶取出一束花，輕輕把水甩掉後送給我。

拿著今後將會變得毛茸茸的細小芒草漂亮地混在其中的白三葉草小花束，我感到如在夢中。直到上週為止，我就算發現這種漂亮花束也不知究竟，如今自己竟然和花束創作者成為朋友，並且在最新鮮的狀態下拿到花束。

雖然小，但這是個奇蹟。

上週還不知道是什麼樣的人製作花束，只是一直被吸引得神魂顛倒，然而如今，花束已在我手中。

我也可以這樣改變。

我想，已經準備好了。

抱著這個念頭，從樓頂眺望城鎮的綠樹和大海美麗地混雜在淡青色世界中的模樣，洋溢五光十色看起來非常夢幻。海上的粼粼波光和森林的綠色彷彿正在對話般和諧。

「我去樓下拿愛玉。」

守墓哥打開門那邊的燈後，肩膀寬闊的背影走下樓去了。

他裝在古老玻璃器皿端來的愛玉是黃色半透明狀，略帶甜味，有點像金桔果凍。上面淋了蜂蜜代替糖漿。守墓哥還替我擠了一點橘色的檸檬。無論是無農藥的檸檬也好，飲用水也好，他對食物似乎相當講究。想必他的外婆和母親也是這樣，所以他才耳濡目染吧。

「這個很好吃。守墓哥，我看你可以開店了吧？」我說。

「冬天恐怕完全賣不出去。臺灣是因為冬天也很溫暖。況且其實是要用這種水果的果實製作，可是日本沒有那種水果只有罐頭。」他說。
「沒有原物料，這的確是個大問題。不過我的老家經營冰店，如你所知，冬天也照樣生意興隆喔。」
我微笑。說到冰淇淋的話題就忍不住自豪。那是我人生的美好亮點。
雖然還年輕，但當我回顧過往人生時只能透過悲傷的濾鏡。
當時年紀小，所以未獲准瞻仰遺容的喪禮，我媽住進醫院後突然變得空曠的屋子，看到她留在家裡的化妝品瓶瓶罐罐的心情……這些我再也不想嚐到。我清楚察覺自己當時只有那個念頭。
可是守墓哥也有同樣的體驗，卻從中發現了什麼。
人生苦短，也差不多該振作起來了。我像野獸一樣發揮直覺。
「欸，守墓哥。從樓頂看這個城鎮即將入夜的光芒以及被那光芒照亮的景色超棒的。」我說。
「峰峰相連如波浪起伏，海上風平浪靜，遠方傳來濤聲。山間草木全都散發甜美的氣息，同時在傍晚的夕陽下變成燃燒似的金色。讓人覺得簡直太美了。」

「我也最喜歡這個時間。瞬息萬變的一切都太驚人了，會懷疑自己真的有幸天天看到這樣的藝術嗎。」守墓哥說。

我們沉默片刻，遠眺那充滿金色與粉色的群山大海及天空的美景。

*

「媽媽喜歡這個地方。而且那場車禍只是不幸出現一連串偶然造成的，並不是被殺死。」

這個聲音突然在腦海響起嚇了我一跳。

是小立的聲音。

我不禁東張西望，尋找小立。

因為那聲音聽來就是這麼近。

從守墓哥家回來的路上，已經完全入夜的世界中，只見路上行人各有所思地走向通往自家的歸路，商店緩緩關門打烊，道路兩旁高大的懸鈴木沙沙搖晃。

是的，我媽以前最愛這裡。她喜歡在濃霧瀰漫的清晨煮奶茶喝，兒玉叔的冰當然也是天天吃，只要帶著未滿十三歲的小孩便可在非假日免費入園，所以我們總是在植物園的那個溫室吃午餐。我媽還會自行給植物園內的樹木取名字。

當時太小只記得一點點，不過愛做菜的媽媽似乎偶爾也會去臺灣料理的教室上課，想必她也認識守墓哥的母親吧。

我感到媽媽夢想著在她深愛的這個場所與爸爸平凡廝守的嶄新另一面。用另一種眼光看媽媽，不由格外懷念，很想跟她說說話。是長大的自己與媽媽訴說種種。

殺人及綁架事件被誇大渲染來嚇唬人，大人為了保守祕密選擇息事寧人，曾經令我以為這個小鎮只有迷霧濃罩冷清又封閉，在我長大之後它卻搖身變成更美麗的寶物。

而我的手中有那清新可愛的花束。

或許守墓哥這樣的年輕人把墓地打掃乾淨之舉，也改變了此地。

還有像兒玉叔賣的冰淇淋那樣的東西……兒玉叔早上起床，出門，坐車去那間位於主要幹道的小店，打掃，拉起鐵捲門，忙著攪動冰淇淋或補貨的美麗動作。

還有那對詭異的姊妹，也一直在那洋房中療癒人們的心靈。

那樣甚至讓人覺得只是徒勞的無限重複，不知不覺或許已經淨化了空氣中的悲傷。

「這個小鎮，靠著各種人的力量，如今已經很適合居住，成了不管去哪都不會羞於見人的地方。不只是因為歲月的累積。這是了不起的地方。我乾脆也加入吧。」

我喃喃嘀咕。

抱著更新自己腦中資料的心情。

＊

好了，剩下最後一件事就是去大地主的家。那裡想必有各種祕密殘留的痕跡。

我打算先去大地主的家「加納甘家」看看再說。翌日下午立刻前往。

這個家族在小鎮西方外圍森林中的殯葬場附近，建造了佔地廣大如城堡的房子。施工時採用了漫畫裡那種變形版的日本城堡風格，屋頂上甚至還有略微卡通化的可愛版金鯱[5]。那看起來絕不低俗，品味頗佳。感覺就像是達利設計的。

那種房屋設計很吸引小孩，每次都想偷窺，所以或許大人才會屢屢警告「那個地方很可怕」、「不準靠近」。

穿過茂密的小森林（當然那片森林也屬於加納甘家境內），進入加納甘家正

5　鯱：日本建築屋頂上的裝飾性瓦片。傳說中的虛擬海獸，虎頭魚身，尾鰭朝天。

面那條路的右邊有疑似古墳長滿蓊鬱樹木的小山丘，山丘上有石頭堆成的遺跡。不知是怎麼搬運過來的巨石，就像桌子一樣以笨拙的形狀堆積。很像奈良的石舞臺[6]改用較扁平的石頭堆成，是很不可思議的遺跡。

雖然大人禁止小孩獨自進入森林，我們還是經常呼朋引伴宣稱要展開冒險之旅，遠征到那裡爬上去玩。

就算有人站上去也穩如泰山的那個巨石桌被稱為「巨人用的桌子」。高度正好有小學生那麼高。

加納甘家的大門和圍牆很高，大門離玄關也很遠，爬上巨石也看不見裡面，所以保全措施並未特別森嚴，況且雖說是私有地，森林也對一般大眾開放，所以那個地勢略高令人心曠神怡的遺跡，每到假日也有很多家庭不懼傳言全家出動來野餐。

長大的我穿過這久違的散發乾燥木頭香氣的森林，去看那個遺跡。看起來遠比小時候低矮。不由懷念坐在那裡眺望風景自覺已掌握天下的頑皮童年。

加納甘家大門口有個看似小屋的崗哨，似乎有保全公司派來的警衛二十四小時駐守，後方還可看到一隻大型鬥牛犬。

這裡面就有通往異次元的門，因為只能建造在那個地點，所以才刻意選擇冷清的場所，加納甘家的境內有殯葬場是為了讓人分割遺體……這些也都是本地的傳說之一。

不知是因為在找小立，還是因為握著洋溢力量的花束，抑或純粹只是因為長大了，總之此刻的我氣勢昂揚。

我站在大門前，偷偷窺視裡面。

雖然看起來古意盎然，但是一如往昔，就此地而言堪稱現代風格幾乎都是用金屬做成的外觀及大門的摩登造型，極盡奢華的材質和光滑的形狀酷似「彩虹之家」。想必正如算命少女所言，是同一個建築家或設計師建造的吧。也許那並非

6 石舞臺：位於奈良縣明日香村，以三十塊巨石堆成的石室古墳。

這個世界人類的審美品味。

我鼓起勇氣，試著按對講機。

狗拚命狂吠讓我聽不太清楚，不過警衛透過對講機乾脆地告訴我：

「今天沒有任何人預約來訪，所以無法接待。」

我回答：「好的，那我改天再來。」

怎樣才能進入這裡面？如果拜託兒玉叔他一定會擔心，或許我只要編造理由說我的大學作業想寫關於遺跡的報告，透過鎮公所按照一般程序以電子郵件或電話申請面訪即可，我心裡盤算著待會要上網查一查，一邊繞著周圍走動。

雖然森林絕不算大，但在空無一人的森林環繞只聽見風聲和枝椏響起的城堡周圍打轉還是有點恐怖。萬一現在遭人攻擊，也不會有任何人知道我在這裡，而且大概也來不及逃到面向國道的森林出口。

但是透過柵欄的空隙觀察，正中央是城堡型的主建築，還有對著內側以コ型相連的普通白色方形樓房，コ字型內似乎有中庭。這是因為從大門到建築物之間，除了大門口的崗哨以外什麼也沒有，放眼望去簡直一覽無遺，而且從建築物中央的部分隱約可見大樹的枝椏所以才可推知。

就在我轉身離去時，闇影幢幢的森林群樹之間突然竄出一個小黑影。正是在墓地見過的那個殭屍。我拔腿就跑，可那影子緊追不捨。速度快得像野獸。還有那種不可思議的氣味。就像腐爛的銀杏。

「別過來！」

我這麼尖叫的同時，那玩意已經撲上來，把我拖倒在地。

我極力反抗。那玩意雖然力氣不大，但是實在太臭了，幾乎把我熏昏。當我暗忖「鼠男」的氣味八成就是這樣時，我被掐住脖子失去意識。

昏迷前我似乎用力揍了那玩意的腹部。我的拳頭輕易陷入其中。就像捅進無盡的空洞，觸感很噁心。我終於明白之前和小立一起硬著頭皮觀賞的《陰屍路》這齣影集中出現的人物平時是什麼感覺，甚至對他們有點抱歉。

逐漸朦朧的意識中，我看到了。

一個大塊頭和鬥牛犬一起從城堡中跑來。殭屍連滾帶爬逃入森林去了。

那個像熊一樣巨大，硬要說的話大概像《美女與野獸》中的野獸一樣的生物奔向我，一邊哇嗚哇嗚說話。那是什麼鬼？人類？我心想，就此暈厥。

*

當我隱約醒來時，首先映入眼簾的是蕾絲頂篷和豪華的室內裝潢，我以為自己還在那個算命館內，來到此地後的一切都是夢，我一直在這裡。

雖然內容已經大半都忘了，但我做了惡夢。

我夢見自己被拖進無止境的深邃地底，被關進狹小的箱子，身體動彈不得。所以起初看到映入眼簾的豪華天花板，我心想，該不會是被關進那個算命老太婆的體內吧？

這是因為夢中的箱子裡不知為何有無數螢幕，可以看見全世界各個角落發生的事。例如，我只是想到沖繩那霸的久茂地小學前面的道路現在不知是什麼樣子，畫面就立刻切換到那邊。周圍的其他螢幕也在播映世界各地的各種場景。好像也會映現殺人或搶劫滿嚇人的，所以我極力不去仔細觀看，但我忽然心生一念，不知小立現在在幹嘛？我對著眼前最大的螢幕暗自許願，於是小立出現了。

小立坐在一片黑漆中的白色椅子上，渾身散發粉紅色光芒，閉著眼正在專心祈禱。她穿著魔法師似的白袍，十指在臉孔前面交握。長睫毛被光線照亮，在臉頰落下陰影。小立面前那個發亮剪影分明就是媽媽。小立到底想做什麼樣的壯舉啊，我不禁瞪大雙眼。我想，看這樣子，我也只能替她加油了。

這時一顆流星咻地掠過小立的面前。我心想，那真的是流星嗎？該不會是人的靈魂在發光吧？

畫面到此中斷，又映出陌生的街景。

旁邊的小螢幕上映現的是彩虹之家那個房間。房門開啟，拿著紅茶杯的那個少女走進來了。她湊近定睛看著我。

「姊姊的體內，有某人躲在裡面呢。是誰？你在做什麼？我瞧瞧，這股能量是……」少女說。

冰冷得令人悚然、宛如黑夜的漆黑眼睛牢牢抓住我的視線。

我想尖叫，猛然彈起。

頓時發現自己的手上沒有皺紋，於是又摸摸臉，發現是自己的臉蛋後，終於鬆了一口氣。

我懷疑那個老太太也許是輪替制，因某種契機接觸到對方的我被選為下一任老太太，一輩子都得和那個可怕的少女一起算命。

簡直是世上最可怕的惡夢。

我深深感到，光是想像就有如此龐大的絕望襲來，還真是煎熬的工作啊。那對姊妹不惜忍受如此煎熬，為了救人貢獻真摯的資訊，真是太難能可貴了，不由對她們產生靜靜的敬意。

然後我冷靜下來睜開雙眼觀察四周。

我的確睡在貌似那對算命姊妹花的姊姊躺的那種有古典頂篷的床上。
高級蕾絲外可以看見寬敞的房間。和那個彩虹之家有點像，但並不是。我這才醒悟，這裡是加納甘家內部。
自己的休閒服看起來非常窮酸。雖然衣著整齊，破洞的襪子也還在腳上，卻沒有穿鞋。四下一找，只見我的破球鞋端端正正放在略遠處的巨大真皮沙發旁。
還有飯糰土耳其石戒指也好好的戴在手上。我鬆了一口氣，撫摸那寶石。至少這下子稍微安心了。我仍是我，從剛才到現在沒過多久，而且平安無事。已經不用怕了。
「我得離開這裡。」
我起身嘀咕。聽起來不像自己的聲音。因為這個房間實在太大了。聲音寂寞地在天花板回響，帶來恍如身在異國的不安。
房門突然喀嚓一聲打開了，我連忙擺出防禦的架勢。
但我內心深處早已知道就算防備也沒用。並不是自暴自棄。我很冷靜。擅自四處打探祕密的是我自己，怪不了旁人。

和守墓哥成為朋友，有兒玉叔夫妻幫忙找小立當然是好事，但與其在沒找到小立的情況下回東京，或者把此地種種當成沒發生照樣閉著眼過日子，我寧可遭到攻擊。

可是，為何唯獨對母親的沉睡和清醒我始終刻意避免去深思？

明知那樣子，我的心會死掉。

我以前一定是認為，且讓我暫時逃離一切，容我先讓自己振作起來吧。

可是如果拖太久讓心死掉了，不管過什麼樣的生活，我都會從死掉的心開始腐爛。只有刻意逃避去正視的事物，如腐葉土層層堆積。與其過那種生活，還是什麼都做做看比較好。對於小立把一切賭在不做做看就不會動起來的某種東西上，我心懷敬意。

想必時候已到。

除此之外，我想更近一步了解對我而言是此地唯一新事物、希望、可能建立嶄新人際關係的守墓哥。我自己都沒想到那種興趣和希望竟然會如此強烈。我還想跟他聊更多。聊關於人生的種種話題。如果是跟他，我們想必可以無話不談。

不過，為此我只能這樣豁出去行動及接受失敗。

從自動門沒有門檻的入口倏然滑進來的，是我從未見過的新型機器人。它端著托盤，托盤上有紅茶、砂糖和牛奶。機器人就像現代的機關人偶，造型單調乏味。

機器人安靜地移動過來，輕輕把茶在我枕畔的桌子放下。隨即靜靜離去。在這種莫名其妙的地方實在沒心情喝茶，所以我放著沒動。

過了一會響起敲門聲。

「我醒了。」我說。

自動門開啟。能夠把這樣看似沉重的木門做成自動門想必很不容易吧，我想。

果然如我所料，之前那個我覺得像野獸的人緩緩走入。

他說了一串「哇嗚哇嗚哇嗚」。牙也很大。手指甲一如正常人，但是手背長滿濃密的毛。

為了避免心生恐懼，我冷靜地定睛打量他。

仔細一看，與其說是野獸，其實就是個毛髮非常濃密的人類。想必是當時我也很驚慌，所以在恐懼之下覺得他像巨獸。不過他渾身都是毛，身材比住持還要高大。應該超過二公尺吧。下顎前突的嘴巴和大牙也頂多只是讓外表有點狂野而已。之前大概是我自己太害怕所以看花眼。他的小眼睛泛著溫柔的光芒。雖然價值觀或經濟狀態想必與我相差甚遠，但至少應該沒有惡意。

他按下脖子上掛的鍊墜型翻譯機的按鍵。

「冒犯之處還請見諒。」

單純的「哇嗚哇嗚」被如此翻譯出來。人工化的聲音柔和地在大理石地板響起。我感覺此處終於不再是空曠冷清的場所，緊繃的心情也稍微放鬆。

「我是加納甘家的現任主人。名叫勇。家父很久之前就過世了。」

「原來也有日本名字啊。」我說。

同時也忍不住暗自唾棄自己：「最該在意的是這個嗎？」

代代家主姑且不說，至少此人並不像外表那麼可怕，果如傳言是個現代風格的溫和人物，只是因為外表異於常人所以才悄悄在此隱居吧。我彙集剛才得到的資訊，一邊試著理解，已經完全鎮定下來了。

「我父親那一輩設定的舊式保鑣有幾具逃出去，看來你就是遭到那個攻擊。當時令堂被視為危險人物，所以它大概是因此對你的遺傳基因產生反應。我認為那套防衛系統太幼稚，所以自己沒有納入使用，想必我們一族只有當初剛移民過來時曾經使用，現在早已沒有那種系統了。不過，他們逃走後躲在山中和墓地，偶爾還是會跑出來採取過當防衛。我祖父和父親的想法比較獨特，似乎在這小鎮做了很多事情，但是後來才出生的我很少與祖父和父親接觸，並不了解那個全貌。總之不管怎樣，很多事情我會逐步去改善，還請見諒。」勇說。

實際上他只是滿嘴哇嗚哇嗚，但是機械的聲音聽來異樣彬彬有禮地這麼解釋。不過我想他實際上想必就是這種人。從頭到腳都像是在作夢，不看真實的事物，是那種無法在現實中負責的人特有的說話方式。

「在府上旁邊以可疑的態度擅自徘徊的人是我，所以請你千萬別自責。」我說。

當然並沒有全面放下戒心，但我很開心他是個能夠溝通的人。

「關於你妹妹，我也正在找。」勇說。

我在他眼中看到深刻的悲哀。

「你和那些發臭的死人沒有對我妹妹怎樣吧？你知道什麼內情嗎？」我問。

「對，不是那樣的。你妹妹是我一見鐘情的初戀對象。以前她經常來我家附近冒險，我三不五時都會看到她。她力氣很大，又有勇氣，領著一群男孩子，就像聖女貞德一樣美麗。當然我也記得你。雖然長得美，卻像個小男生。」

他不勝懷念地如此說道。

「那真是抱歉喔。男人大部分都是小立派。」我說。

他說聲對不起，又繼續說道：

「我沒有綁架她也沒有傷害她。不過，在現代生活中如果突然看到那種殭屍，任何人都會驚慌失措尖叫逃跑。我無法斷言絕對沒發生過那種事。所以我感到自己也有責任。你妹妹說想看古老文獻，上週來過這裡。我當時如遭雷擊。因為她穿著誰也沒見過的美麗服裝，那是我與已經出落得美麗大方的她睽違多年的重逢。她並不認識我，所以說是重逢，當然只是對我個人而言。

我當時有多麼心慌意亂怦然心動，你應該想像得到。我帶她去圖書室，當然完全沒有表白自己的情意，也沒有抱著邪念。我們幾乎沒有對話，她忙著抄寫資料，連我中途送去的茶都沒喝，很快就匆匆離開了。最棒的是，她對我的外表沒有任何批判。她只是微笑著說『加納甘先生長得好高，毛髮好濃密』。」勇說。

我無比懷念地想起小立那擊倒男人心的笑容。

他實在太坦白，令我在一瞬間有點懷疑。對他來說是高嶺之花的小立居然來到此地，他該不會一時無法自制，綁架了小立軟禁她？

但我的直覺告訴我「不是那樣」。如果他是會做出那種事的人，向來謹慎的我應該不可能在這裡和他悠哉對話。

「你到底幾歲了？」我說。

「五十。如果健康沒出問題的話，通常可以再活五十年。說不定更久。我們這一族的壽命有點長。不過只是長一點點啦。」勇說。

毛茸茸的手不安分地動來動去。

「那我換個話題，如果方便的話，能否讓我看看通往異次元？異世界？的那個場所？我非常感興趣。我知道這是很大的祕密，但是能夠進入這裡的機會實在太難得了。我真的很想看一下算是自己某部分祖先來源的場所。」

我抱著碰運氣的心態鼓起勇氣這麼說。勇點點頭。

「當然沒問題，你是我初戀對象的姊姊，現在又是我的貴賓。讓你在我家境內遭到暴行真的很抱歉。對於令尊過世及令堂住院，我也深感自責。事實上令堂的醫藥費大半由我負擔。我早就想過將來如果有這種機會，能夠說出這件事就好了。不是為了討人情，只是想表達我的愧疚。對我來說這麼做是理所當然。」

「怎麼會……這件事你沒有任何責任。結果卻讓你這麼費心，謝謝你。殭屍出沒的確是個問題，但是我們擅自接近墓地和這裡、森林中這些少有人去的特定場所，自己也有責任。我很慶幸被掐脖子的不是小立而是我。雖然現在還不知道小立出了什麼事。至於我媽，等於是罹患一種風土病，我本來聽醫院方面說，因為不想公諸於世所以由行政單位私下解決……原來是你處理的啊。謝謝你。」

我吃驚地鞠躬道謝。

「是我叫他們不要說出來。這是理所當然。因為都是我父親下令那玩意對打探這個家的人進行拘捕或攻擊，結果卻讓他們逃走了幾隻，還把一切責任都推給當時年幼的我就這麼死掉了。」

「你的母親呢？」

「她生下我時似乎就已是高齡，我很小的時候她就過世了。她的個性溫婉，吃素，很愛看書。撫養我長大的，是我母親很器重的幫傭。那個人也在幾年前過世了。」

「那你一定很寂寞吧。所以正處於安靜隱居的時期吧。」

現在我知道為何光是待在這空曠的屋子裡彷彿就能深入骨髓地感到歷史的重量與孤獨了。因為這屋子和小鎮一樣，一切都已結束了。

「謝謝。」勇溫聲說。

我微笑。

「關於『通往異世界的洞』，當然已經無法與任何地方相通，所以感覺成了廢坑，不過我還是可以帶你去看看。我希望有一天能夠好好整修之後讓觀光客來參觀。連同家門前山丘上的巨人桌子的遺跡，一起當作古蹟供人四處參觀。我覺得在不久的將來應該就有可能實現。等我從這種寂寞振作起來，我打算那樣好好計畫一下。

你能起身走路嗎？真的很抱歉。如果還是很痛，請不要客氣，直接向我索賠醫藥費。等你走的時候我會給你一筆慰問金，也會寫一封介紹信給醫院。畢竟我的外表這樣，我自己很少外出，不過我朋友很清楚哪裡有好醫生和能夠細心調養脖子的人。」勇爽快地說。

我說：「非法侵入的是我，所以不用給我慰問金。雖然我的傷看起來很慘，但我想應該很快就會好。萬一真的變成殭屍，到時候還要拜託你設法處理。請把我關在籠子裡養活一輩子。」

我笑著起身，和勇並肩站在一起。

他果然非常高大。本來就很痛的脖子必須仰望他，變得更痛了。

小立對這個……溫柔的野獸不知有什麼看法？她會愛上他嗎？

我還不知道他到底哪裡和普通人有怎樣的差異。比方說或許月亮出來他就會變身，就連邪惡與否的判斷標準，都還沒弄清楚。我必須慎重和他打交道。

「你不會變成殭屍，我也是，就算月亮出來也不會變得比現在更不像人類。」勇說。

「天啊，你怎麼知道我心裡的想法？」

對了，那個少女好像也是這樣，我邊這麼想邊說道。

「就算我毫無心電感應的能力，你的想法，也已經從你的表情洩露無遺。」

勇笑了。

「沒關係，我寧願那樣。完全暴露也沒問題。因為人肯定還是簡單活著比較好。」

我也笑了。

「我也比較喜歡那樣的人。我生來就是這副外貌，待在這種環境，就連送貨員對我都格外小心。你這種坦率的態度讓我覺得很新鮮。」

我想，說不定我真的可以和這個人成為好友。

那是又多了一個新希望燦然發光的瞬間。

我跟在勇後面穿過天花板異樣挑高的走廊，一邊望著廁所氣派的門（上面還鑲嵌著圖案精緻的毛玻璃），一邊穿過飯廳走下樓梯。

地板和柱子大部分都是大理石做的，給人冰冷的印象，但絕對不像廢墟，到處都打掃得乾淨整潔，八成是機器人做的，品味出眾的設計頗有統一感，所以不會讓人感到過於沉重滯悶。

他的生活雖然像在坐牢，但我想，絕對不至於缺乏人味。和彩虹之家的古典裝潢相比，這房子的風格更現代化。

從玄關門廳的天窗可以看見乳白色的陰霾天空，被那光芒照亮的門廳整體都在發光，隱約有種美感。如果天氣晴朗，這個風格厚重巍峨的城堡想必看起來也會更明亮。

通往地下的樓梯深處很奇妙地有貌似現代太空船升降口的門，用勇的指紋就輕易開啟了。眼前出現的走廊兩側都有幾間門上鑲嵌玻璃的房間。還有看似書架和置物櫃的東西，四周悄然無聲，不見人影。

「你現在八成在想，我怎麼會有指紋吧？」他說。

「被你發現了？不過，我已經不在乎被看穿想法，我就是為了看你的反應才老實把想法寫在臉上。」

　　澈底安心的我，連說話方式都變得直來直往。

「一方面是因為這裡幾乎已經無人使用，頂多只有我會來了。況且以前這裡還是研究所時會上門求取資料的人也很少來我家。他們就算來的時候也是走大門。」

「以前是在研究什麼？」

「包括我父親留下的系統啦，研究睡眠病的生化學者啦，還有研究我家的小型飛行船的人，總之有那樣一群人想把當時的紀錄全部整理出來保留到現在。泡沫經濟時政府和企業都曾出資贊助，所以也有人滯留此地研究這個小鎮的歷史。當時也對這些人開放住宿用的房間及辦公室、資料。現在這裡已經只有各領域的研究學者偶爾會來調查和自己的研究相關的部分了。」

　　我知道，我的祖先和父親做過的事情，在他們以前待的地方或許不算什麼，在這個次元卻是犯罪。所以不急於一時，我想慢慢改變那個風評。

所有的黑暗事物都已成過去。我是這麼相信的，但過去的沉重詛咒還是會折磨我。有段時期也曾想過乾脆我自己清理掉一切退回原來的世界或許才是上上策，可惜早已沒有回頭路。像你這樣的混血兒在此地還有太多太多，今後我們只會更加與人類混合。我們在這個世界做過的事，恐怕永遠無法抹消責任。」

「在你以前的場所，比起我們殺死牛、豬、雞吃牲畜的肉，驅使死人想必是更輕的罪吧。實際上就算在我們的世界，也有些國家處理遺體的方法因為信仰的關係相當獨特。」

「我是在這裡土生土長，所以只知道大家的感覺，但我的祖先好像完全沒有尊敬遺體的文化。而且我們也完全沒有肉食文化。是來到這裡以後才吃魚或雞蛋之類的，不過到現在都沒有完全適應。」

「為什麼外表那麼像野獸？」

「體型那麼巨大的牛和象不也是吃植物？」

「說的也是。這種文化的差異，想必誰也無能為力吧。」

「我想我的祖先甚至沒想過要把這個次元作為自己的殖民地。因為和這個次元出現連接點，於是就抱著冒險心態移民過來，弄到未開發的土地，和地球人正常來往，大概頂多就是想稍微行使一下地主的權力吧。我母親同樣不是這個世界的人，在那方面的感覺倒是跟我父親一致。」

「我完全不懂做研究之類複雜艱深的東西，但我總覺得，好像可以理解。那個時代，就算在日本，肯定也有很多殺戮和處刑之類可怕的事情。」

「我們只是悄悄生活在此地，所以想必更顯得可疑吧。在日本，其他像是北海道那種多雪的地區聽說也有這樣的村子，不過好像已經沒有任何算是我們夥伴的純血了。」

「已經變成地球人了吧，雖然外表是野獸。」

「你現在會把想法說出口了啊。」

「反正不說出來也會被發現。」

「哎，你真有趣。而且是個好人。真的，你要是能成為我的大姨子該多好。

真希望我們能成為一家人。總之我很想有家人。可是這麼冷清的房子很少有人來，就算有也會覺得對方八成是為了我的財產。就連雇用一個傭人，都會因為我是單身漢而特別在意，況且掃地機器人已經很完美了，獨居生活其實不太需要傭人，不在乎我外表的朋友當然也是有啦，但大家都是怪胎，而且也不住在附近……往往最後主要還是透過網路聯絡。我想要的是可以親手接觸的、普通的穩定家庭。」

勇嘆了一口氣。

「會不會成為大姨子先不談，如果只是來作客，從明天開始就可以喔。對了，小立雖然比較喜歡肌肉男，但你恐怕有點肌肉過度發達了……我無法連小立的喜好都斷言，所以不好說什麼。很遺憾，家裡很有錢、房子大得像城堡、不用自己打掃做家事之類的條件，完全誘惑不了她。她這人很樸實。還會把白蘿蔔頭上的葉子或豆苗的根部保留下來，用水耕栽培法繼續養葉子。衣服也都是她自己親手做的。她視奢侈為大敵，我總是挨罵。我無法左右小立的心情。不過，像你這麼罕見的類型，我覺得有個這樣的弟弟也不錯。」

我說著笑了。

「美美姐。」

勇露出笑容。連大牙（因為是草食性所以牙齒並不尖）都看得見，笑容有點猙獰，不過我想我應該很快就會適應。

像我這種不拘小節的個性什麼都能適應。唯獨這點可以說是我的特長。現在我還沒有清楚掌握「習慣」與「視而不見」的差別。

不過二者之間的確有很大的差別。我打算今後用人生全部的時間去慢慢學習這點。

*

勇說的沒錯，最像那個漆黑場所的就是金山和礦山的遺跡。連空氣的濕氣和氣味都很像。

現代化樓梯的周圍壁面在下樓的途中突然變得像是裸露泥土的隧道，樓梯也變窄，只有細小如鐵管的欄杆不斷向下。勇魁梧的身體也伸展不開。

樓梯最後，出現貌似轉角平臺的地方，有個通往遙遠下方的大洞。

「在這個洞的深處，以前就有通往異世界的洞穴。」

勇的雙重聲音嗡嗡嗡地響徹四周。

看起來只是個黑洞的大洞，那種深不見底的巨大，很適合讓人相信世間常有的地底人或地底有大都市這類傳言。

「這底下現在有什麼？」

「只有土牆。原因不明，但我小時候聽說，由於連接點變得很不穩定，到了我父親那一代就已經關閉了。我猜想父母大概不適應此地生活想回去。他們尤其抱怨受不了人類的肉食，總是吃生菜和高麗菜。本地的蔬菜和橘子很好吃，他們說幸好還有那個。我父親在山上有果園。雖然讓給別人經營了不過到現在都還在。」

「小時候，我們全家看過一次飛碟，那也是經由通往宇宙空間或異世界的通道進行時空跳躍嗎？你們沒想過用那種工具回去那邊嗎？不管怎麼想都是那種方式更快速。」

「以前好像有在地球內使用的小飛機。可是，我想那應該不是可以超越次元回故鄉的交通工具。」

「兩個不是理科生的人就算討論這種問題，也什麼都解決不了吧，真的是腦子一團漿糊。本來很期待聽到你充滿邏輯的說明，但你和我的程度好像差不多。」

「沒辦法，我的專業是建築、設計和文學。不過我幾乎都是自學，沒有聘請專家的話還是無法施工。文學也是我的重要興趣，如果談起川端康成或夏目漱石的話題，我可以講個三天三夜都沒問題。不過那畢竟已經太久遠了，誰也不記得。」

「算了，總之不管怎樣都已經關閉了。」

我凝視遙遠的下方隱約可見的地面。那裡有粗大的繩子圍起。眼睛適應後逐漸可以看見一點東西。有這麼幽深的黑暗，有籠罩城鎮的濃霧，我恍然大悟正因如此上面的美麗青山與湖泊才會耀眼如斯。

「對這裡以前發生過的事只做了最低限度的記錄和調查，比方說為了解決睡眠病之類的，我認為只是基於那樣的目的就好。從我父親那一代就把資料對外公開了。所以像小立小姐這樣為了調查某些東西的人，不只本縣內外，從其他國家迄今也有人造訪。大學生和研究生也會來。像這種人，我會當面和他們談談。他們能夠理解我的外表。不過，當然不會答應攝影。本地的事情如果在網路上過度曝光，我就會和各有關單位說明原委請求對方刪除。不過和權力當局的牽扯真的就只有這樣而已。因為這裡是已經結束的場所。雖然我可以把父母的照片借給任何人，也放在網路上。如果保持異類的狀態躲在這裡活下去，土地和文獻的管理人會更輕鬆。若想知道更多詳情就要去找森博嗣[7]老師。」

「如果是那位，想必可以非常完美地做出說明。」

「術業有專攻嘛。」

「欸，勇先生。可以問個毫不相關的問題嗎？我這個人，比起已經堵起來的過去的洞，我對這方面更好奇。如果你和小立結婚生了孩子，會是什麼樣的外表？是人類的小孩，只是毛髮比較茂密，還是力氣大的野獸，到底會變成怎樣？」

我鼓起勇氣詢問。住持沒有孩子，況且身為姊姊，我很在意嬰兒的大小。

「嗯——這個我不知道，但是從過去的例子看來應該是普通的人類嬰兒。到了混血兒這一代，已經生不出像我這種外表的小孩了。不過光是想想就幸福得快要哭出來，是很開心的想像。我希望生一支棒球隊或足球隊那麼多的小孩。」

「如果嬰兒太大，還是得剖腹產嗎？我們女人比起那種國家大事更在意那方面的問題。」

「我會去問問熟識的醫生。想必不知道的事情也很多吧。」勇說。

接著又說，「對，老實說，此地自很久以前就已經幾乎沒有純正血統的人類了。不過令尊是從外地來的當然是人類。」

「就是啊。所以我爸爸大概一直覺得住得不自在吧。他有段時期離開，我覺得也和這點有關。我媽媽倒是只能活在這裡的類型。對了，那兒玉叔呢？」

「兒玉先生有一半混血，他太太是四分之一混血。可惜他們沒孩子。」

「我們姊妹作為他們的孩子，會一輩子孝順他們。」我說。

「請好好孝順他們，是的，讓我們一起照顧他們吧。我不敢說自己完全沒有追求小立小姐的企圖，不過長年來抱著支持的心情，我每週會向他店裡訂購一箱冰淇淋。每個月也定期送冰淇淋給醫院或兒童教養院、養老院。」勇說。

他的聲音就像教堂的禱告，溫柔地響徹石頭天花板。

7 森博嗣：工學博士、推理小說家。曾在國立大學工學院任教，專供建築材料的數值解析。作品也多以科學、數學為主題。

「謝謝。」

我向他行禮。說到兒玉叔他們的事，我就可以變得謙虛。想到兒玉叔埋頭製作的單純冰淇淋，淨化了加納甘家和我媽本來不大良好的關係，我就越發敬佩他。不為人知地做著這種事情的人，我認為是這世上最美的。不為人知地持續做好事，就結果而言調和了種種事情，人們生活在這樣的想像中，不，甚至連那種想像都沒有。

兒玉叔正是那種人。雖然沒有高聲替自己吹噓，卻一直透過冰淇淋從事和平的活動，對加納甘家也沒有懷恨在心，一視同仁地送來冰淇淋。

而且還從各方面保護了年輕的我們，在現實生活中徹底放手，立刻讓我們擺脫這個城鎮的詛咒。

「我可以在這個場所獻上花束嗎？」

我在那個被詛咒的，而且想必是我們本來來過的重要場所，悄悄放下口袋裡守墓哥做的小花束。

就像在憑弔我出生之前那個時代的黑暗歷史。

花束散發光芒如小精靈的仙粉。那是閃閃發亮的虹彩粒子。

勇默默看著。我不發一語地祈求，但願勇也看得見那光芒。

我立刻醒悟，今天該做的事原來就是這個。協助守墓哥的力量淨化空間。把他的力量傳遞到這裡，多淨化一個地方。因為如果我不拚命採取行動，很難來到這個場所。

＊

不知是氣壓不同，還是過去的時空扭曲留下的後遺症，一走出洞窟空間，身體似乎就輕飄飄浮起。

就我所知最接近那種毛骨悚然的感覺的，大概是走出東京巨蛋時壓力改變的感覺。我憑著身體本能感到以前那裡的確有過不同的空間。我思索氣壓和重力的不同是否就是力大無窮和殭屍縮小的原因，但是無法用那個解釋的事情太多了。不過不管理論上如何，總之我的體內流著那個場所的血脈。我只能接受。

「那我走了。很高興能夠認識你，並且有幸交談。」

我在玄關說。

脖子上還清楚留著細小手指掐出的紫色瘀青。那個惡臭的殭屍以前無疑也住在這個小鎮，曾是某人的父母或手足——不管外形再怎麼改變。想到那點我就萬分害怕。

「如果有哪裡不舒服，一定要通知我。還有，也歡迎你再來玩。因為我不大能出門。」勇說。

「嗯，那當然。」

我在門廳的小椅子坐下，穿上機器人滑過來替我送上的鞋子。

勇在我旁邊坐下。或許是因為渾身毛茸茸，非常溫暖。就像和大狗在一起。

我不禁倚靠勇。不是別有企圖，只是覺得他像狗或熊寶寶布偶。這麼說或許很失禮，但我已經精疲力盡就自然而然這樣做了。

「如果你發現小立的行蹤，請通知我。你會幫忙讓小立回來嗎？」

「只要有我能做的，請儘管吩咐。我什麼都願意做。就算她不愛我也沒關係。」

勇說著，眼角倏然閃現淚光。

直接倚靠的那一邊耳朵響起不可思議的野獸聲。

「欸，你知道《怪物的孩子[8]》這部電影嗎？」我說。

「我看過。你想說的，我也已經完全理解了。」勇說。

「那就好談了。」

我微笑。

8《怪物的孩子》：細田守的動畫電影。描寫人類少年「蓮」遇上怪物「熊徹」，在東京澀谷和虛擬的怪物城市「澀天街」這二個世界的冒險故事。

我到現在還無法相信妹妹會結婚或和他人生活。那的確會有點寂寞，所以現在我還無法想像不能和小立一起生活或無法每天見面的日子。

可是，和死亡比起來，只要她活著，只要還能見面，不知就已有多幸福了。

「手臂的毛刺到鼻子癢癢的。」我說。

那個聲音溫柔地在高聳的天花板迴響。在這個想必很少有別人的聲音響起的巨大要塞，就像口渴時飲下的水，倏然滲透。

我知道。就算爸爸是自己不小心發生車禍，我們也不可能以什麼良好的關係相識。此人的父母與祖父做過的事情不可能抹消。只能在那個無法憑理性邏輯消除的詛咒之上建立新的關係性。

無處排遣的惆悵，不斷流逝的時間，流言與傳說誇大了恐懼，罪惡被分散，如雨如霧散落整個城鎮被沖淡。

「勇，我可以把臉埋進你的毛毛一下嗎？」我說。

「請便。」

把臉一埋進去，就有種狗狗的香氣。很像溫暖乾燥的樹葉。僅只是這樣，我就落淚了。

我媽無疑曾被勇的父親厭惡排擠。敢將死人加工當成奴隸使喚居然還吃素，這些異世界的人還真是行為自相矛盾。

我媽當初一定是抱著天真的心態調查本地歷史。

如果比起那旺盛的好奇心，她能夠只專注考慮家庭幸福，我們或許還會是個平凡的家庭，思索著那些傳言，安靜住在此地，待在爸媽建造的虛擬的、巨大的安全傘下。就像現在與兒玉叔、雅美姨坐在餐桌前那樣。

那種個人完全無能為力的時代潮流及人類作為全都太感傷，我的眼淚源源不絕落下。

是那捲曲溫熱的長毛帶來的暖意令我哭泣。

再多想也沒用。至少請保佑我還能見到小立，請保佑小立還活著。

「謝謝你。」

我抬起頭。初次造訪的可怕房子已經不再那麼疏離冷淡。世界看似變得比較明朗安穩，我知道今天或許又能交到一個新朋友。

「想必有很多事情冰凍三尺非一日之寒。來自另一個世界的人混進來，是很麻煩的。漫長時光的變化中，犧牲掉的人們必然很多。就某種角度而言，我或許也是那種人之一。曾幾何時只剩我孤零零地待在這裡，被鎮上的人自然而然地疏遠閃避，外型也這麼奇怪。對往事毫不知情固然有罪，但人們說是天生的病讓我變成這副德性，希望我盡量不要外出，於是我一直待在家中長大。總是害怕會因為特殊的外表遭人欺負。我用自己的方法把扭曲的人生累積到今天。一直陪伴我等同父母的幫傭過世，對我是個很大的打擊。反過來說，只要有那個人在，我就能在這裡安穩地過日子。」

勇的眼中蓄滿淚水。

「謝謝，我已經適應了不會再害怕你，而且我覺得我們應該能成為朋友。不信看那個住持就知道了，他那麼奇怪的外型照樣理直氣壯出門，大家不也習慣了。」我說。

「醫療費真的不用再給了，等小立正式同意後，偶爾還能再讓我把臉埋在你粗壯的手臂嗎？有時候真的很想被什麼巨大的東西抱在懷中哭泣。欸，還有，你不能一個人躲在有這麼大的門廳和飯廳的房子裡。我覺得你應該和別人一起吃吃飯。否則你的心靈最後真的會變成怪物。我以前也很死腦筋，但我今後會回到自己的人生。偶爾大家一起吃個飯吧。」

勇用力點頭。

「隨時歡迎。就算我被小立小姐拒絕了，也歡迎兩位隨時來玩。」

這時，察覺某件事的我，涕淚縱橫的臉孔倏然轉向勇。

「怎麼了？」吃驚的勇說。

「我可以聽懂你說的話了！那個翻譯機和你說的話聽起來完全一樣。不再是哇嗚哇嗚了。」

「真的嗎？」

他瞪大雙眼。那雙眼睛很美，反映他溫柔的心靈閃閃發亮。

「你剛剛這句『真的嗎』，兩種方式我都聽得見。你把那個機器摘下來試試看。」我說。

勇取下掛在脖子上的小翻譯機。

我們四目牢牢相對，屏息等待那瞬間。

「我說的話，你聽得懂嗎？」勇說。

「聽得懂！」

我發自內心地含笑說。

把心靈的調音鈕對準那個聲音的調子集中精神後，他的聲音就變成日語傳入耳中了。這絕非心電感應，是真的聽見。感覺就像是哇嗚哇嗚的聲音飛散到集中的湖泊之外，漸漸有話語從水底浮起。

「為什麼？因為我是混血兒？」

勇悲痛地搔頭說：

「我想應該不是那個原因。我的聲帶無法流暢說出日語，好像是機能性的問題。」

當他說這麼長的句子時，感覺還是摻雜了一點哇嗚哇嗚的悶響。不過只要多練習去傾聽，我想應該可以聽得越來越清楚。

這讓我感到充滿希望。

就像寒冬殘雪的風景中，枝頭已冒出小嫩芽迎向春天的時刻，總之就是會覺得可以展望將來。這次返鄉能夠逐一發現這種東西，讓我感到絕非白來一趟。

與未來的妹夫（渾身毛茸茸）候選人心意相通後，我離開了直到不久之前在我心中還是罪惡巢穴充滿謎團的加納甘家。一邊心想，真的進去一看其實也沒什麼嘛。小立為媽媽採取的行動或許對她而言意外地也是這種感覺。

脖子上的指印噁心地鮮紅浮腫，實在太像逼真的恐怖電影了，因此我不敢立刻回到兒玉叔的家。一下子知道太多新的事實，心情也有點亢奮。我想暫時緩衝一下。

於是我走向守墓哥應該還在的墓地。

該做的事情做到了，可以抬頭挺胸地見面讓我十分自豪，所以嚴格說來心情有點樂陶陶。

*

「你怎麼搞的，脖子上的顏色慘不忍睹。就像把洋娃娃的頭扭斷又重新縫合似的。」

看到守墓哥打從心底大吃一驚，我鬆了一口氣。新朋友這麼擔心我，被掐脖子也算是值得了。

「這種說法我最怕，聽了都覺得好像真的很痛。」我說。

「你可別亂來。你妹妹不是也叫你現在不要輕舉妄動？」

「嗯，不過托各位的福讓事情意外有了百倍迅速的進展，所以一時大意了。」

我說。

他還盯著我的脖子眼泛淚光。我心想這人可真老實。

「我以前在墓地也遭到好幾次襲擊像你一樣受傷，不過我很快就學會怎麼把他們趕跑。但是起初我害怕得甚至不敢走出家門。所以想到你當時有多麼害怕，我就很自責。我明知你已經被盯上了。但我沒想到他們竟然也會在墓地之外的地方出沒。」

「用不著你這麼說，我也絕對不會輸給那種落伍又小家子氣的傢伙。我可是練過拳擊的。」我笑著說。

「最近明明很久沒看到他們出現了。況且，那玩意除非故障否則永遠不會死，真的很麻煩。」守墓哥說。

「那是上一個世紀的遺物呢。」

「他們曾經被當成屍體掩埋過。渾身乾癟，就像曬乾的骷髏頭。」

「是啊。此地怪事太多，所以以前沒怎麼去深思。想想真可悲。雖然不知是哪個年代，但那種東西以前也曾經是活人，也曾和某人是家人。」我說。

吹過午後墓地的風清爽宜人，飄來樹木和線香的香氣。

因為太清爽，甚至差點讓我忘了種種事情。

為何此刻在此地？我從哪來？要往哪去？

此刻風吹得舒服就好，我這麼想著，垂下眼皮。

「說不定是因為我和我媽很像，他們認錯人了。」

持續狙擊錯誤目標的自動機器人，似乎和那對算命姊妹花一樣可悲。

那你的存在就不可悲嗎？我自問。

我不可悲。我在心底深處如此回答。

因為我是在關愛中長大的，身邊始終有小立相伴，現在也活在這裡，而且越來越輕盈。就像吹過這墓地的風一樣自由。

正因為他們永遠被困住，所以才有點可悲。勇也可悲，住持也可悲。他們還停留在原來那個世界的模樣，所以即便身材那麼魁梧卻至今仍無法自由地見識事物。

我很後悔小時候喊住持妖怪或躲在暗處對住持丟石頭。小孩子就是那樣誠實得無藥可救。住持不見得是什麼好人，但他有勇氣站到人前下定決心從事那份工作，是個值得尊敬的人。

能夠逐漸懂得這點，就表示時光荏苒流逝。

表示自己在改變。

*

守墓哥替我在脖子貼上膏藥，順便又去他的樓頂喝茶。

配茶的點心是臺灣的梅子蜜餞。濕濕黏黏很甜很好吃。見到他之後，想去臺灣的念頭日漸膨脹。等小立回來了，我想改天和她一起去臺灣。想坐在露天的攤子吃不是罐頭而是現做的愛玉冰。會有那一天嗎？實在太遙遠了，連我自己都不敢相信。

「等小立回來了」這句話本身就像那梅子一樣甜。

我細細品味這句話，放入自己的幸福檔案。只要有小立在就能感到如此幸福，這點我要銘記在心。如果哪天和小立吵架了（我們其實很少吵架）就拿出來看看。

我再次不知厭倦地出神遠眺，那片慵懶混雜地洋溢光芒彷彿時間已靜止的城鎮和群山樹林大海的風景。雖然才來過兩次，我已澈底愛上從這個樓頂眺望的風光。

「你說過已故的外婆是臺灣人對吧。」

「對，外公是日本的企業家。來到此地純屬偶然。據說外公是在山那頭的鄰鎮長大的，那邊的房屋仲介商湊巧掛牌賣這棟樓房，外公想在日本置產，於是就買下了。

我父親住在夏威夷，是有錢的美國人，年紀輕輕就結婚，當時已有家庭。小時候我不懂，但我媽一直不是正式的妻子，是我父親的情婦。不過在戶籍上我已被父親認領。父親的老家正如我之前也提過的，在夏威夷經營自然食品很成功，父親本就熱愛文學，對家族事業毫無興趣，為了學習日本文學來這裡的大學留學時認識了我媽。之後我出生，父親一年會來幾次。當時我不懂為何父親不能跟我們一起住，所以很害怕。

幼小的我在晨光中揉眼睛，尋找總是消失的父親。旁邊的被窩裡已經沒有父親的蹤影。被子疊得整整齊齊，墊被還鋪在地上。父親的長腿露在被子外面一截的模樣浮現腦海。

我總是在事後才想，前一晚父親半夜不睡覺一直盯著我的睡顏看，原來是因為即將啟程離開嗎。從今天起又得活在沒有父親的世界。他或許覺得無所謂，什麼也沒說就走了，可是明明沒拿出行李箱，也沒看到他買伴手禮卻轉眼就消失了。

父親來的那天，總是滿面笑容。從成田匆忙搭巴士，歸心似箭地奔向這個家，奔向我們母子。接下來能夠暫時共度的喜悅讓我們彷彿置身在新鮮的空氣中。年幼的我忍不住想，這麼快樂的生活為何不能長久？天底下有這種道理嗎？

然而情婦的家就是這樣。習慣之後便覺得和父親共度的時光像是短暫假日，變得很輕鬆。我媽想必多多少少也和我有同樣的心情。所以我決定在我媽活著時絕不離開此地。我不想讓她再嚐到我這種感受。直到我媽過世前為止，父親只要有長假一定會來看她。並且和我悠閒地共度幾天，吃吃飯，兜兜風。也會在金錢方面資助我。現在我已經沒理由再拿錢所以拒絕了，但總之他從來沒有拋棄我媽。我現在理解那也是一種有始有終的愛情。

昨天也說過，父親和他的妻子沒生出孩子，所以，那邊才會叫我過去。不過真到了要離開時，我抱著收尾的心態開始做這些花束和打掃墓地，卻發現這些工作就像是集合了田野調查最有趣之處，讓我欲罷不能。暫時我想留在此地。再者也認識了你這樣的新朋友，更何況就算去了夏威夷也不見得有我容身之地。

咦？我怎麼對著傷患講了這麼久。這簡直是美美殭屍療法。」

「我們明明不是沒人愛卻處境複雜，同樣都是剛開始愛上這個城鎮，母親也都有睡眠病，感覺我倆這些地方都很像欸，果然是穆德與史卡利。最佳拍檔。」

我滿懷老奶奶看孫子那種慈愛的心情看著守墓哥。與戀愛無關。一點也沒有產生性衝動。但我喜歡他。只覺得心情平靜。就像和家人在一起，毫無違和感。

「欸，如果我搬回這個小鎮，可以讓我跟你一起住在這裡嗎？我會付你房租。因為小立如果就此和加納甘家的勇交往或同居，我豈不是成了電燈泡。可是叫我搬回老家又覺得有點不對勁。」我說。

他瞪圓雙眼說，「話題跳得太快了吧。」

「因為我看這棟建築中，應該還有空房間。你就別去什麼夏威夷了。和我做一家人吧。」我說。

「我還有一個難以離開的理由，就是有個交往很久的女友。」他有點心虛地說。

「沒關係，我沒那個意思。也不會撲倒你。人際關係當中，就算再怎麼喜歡也不是只有戀愛。」我說。

很遺憾，那對我絲毫沒有造成打擊。

「不過，恕我直言，完全看不出來你有女朋友。她是什麼樣的人？」我說。

「看不出來是應該的。因為她在孤兒院長大無親無故，感受異於常人，所以外出令她很痛苦只能一直窩在房間。她現在住在我家一樓我原來的房間。每天看各種書或電影順便思考人生。我們交往多年，就某種意味而言她沒有我就完了。所以我們不能分手。也無法按照一般的解決方法結婚之後一起搬去夏威夷。關於她，改天有機會再慢慢告訴你。」守墓哥說。

「聽起來怎麼通篇含糊籠統很像騙婚的說詞。不過，我懂。那你還怕什麼。就算有我進進出出你照樣可以談戀愛。」我說。

「你到底是何方神聖？為什麼可以那麼自由奔放？」守墓哥瞪眼說。

「如果我愛上你，我會老實告訴你。但我想應該不會。而且就算真的那樣也等到時候再思考就行了。現在我只知道你是守墓哥，連你的真實姓名都不知道。這樣就好。」

我微笑。

「總之我正在找地方住。如果公寓有空房間記得通知我。否則這把年紀還和父母同住多沒面子啊。而且我幾乎沒在老家住過。現在才開始同住，只會更惹人嫌。」

「嗯，現在已經有兩個空房間了，如果有需要隨時通知我。現在我好像有點興奮。雖然對不起女朋友。」

守墓哥紅著臉說。我心想，真可愛。

不躲在陰涼處就會有點熱的陽光中，我們坐在帳篷下，把可能會曬黑的雙腿伸長，美味的茶水滋味滲透心扉，感覺好幸福。

守墓哥灑水後，地板就像下過雨一樣濕濕的。小水窪倒映的天空比真正的天空更美。

今天差一點就可能變成殭屍，還看到這麼多美麗事物，也感覺完成一樁大事，心神不免恍惚。從群山吹來的清風拂面。唯有脖子癢癢的有點討厭，但守墓哥給的膏藥吸去那種刺癢，涼涼的很舒服。

「啊，景色真好。美得如夢似幻。等到秋深時我想看紅葉。我超喜歡從這裡看到的街景。欸，就算我不住在這裡，偶爾也請你讓我來這樓頂。兩個房間畢竟有點尷尬對不對？如果我媽和小立都回來了，就變成一家三口，說不定得另找房子。」

光是這樣說說，這個幻想都令人開心得微笑。

「當然，歡迎你隨時來玩。」

守墓哥邊喝茶邊說。只見那張側臉的喉頭聳動，那是活著的美麗動態。我出神地看了片刻。

「萬一小立和我媽始終回不來，我想在你這棟房子獨居。如果是這裡，有這片景色，我想我應該還能忍受得了。」

我的聲音隨風飄落在街頭。

守墓哥做的虹彩小花束，也同樣隨風搖曳。

＊

「一見鍾情或許還是靠不住吧。畢竟小立小姐的倩影會逐漸淡去，我又是這副德性。重逢時的氣勢不知都到哪去了。越來越沒有自信。」勇說。

隔天傍晚，我拿著茶點去拜訪勇，為昨天的事情道歉。

之前已問過他的電子信箱，所以事先預約，這次是從大門堂堂正正進入，警衛看過訪客名單後就讓我進去。

小立還沒回來。但至少可以感到很多事情都已到了最後關頭。

我們已經回不去了，這點早已滲透我的身體。啊？什麼時候發生的？驀然回首已無歸路——就是這樣的感覺。

勇家的中庭和我想的一樣漂亮。

中央有枝葉婆娑沙沙作響的高大橄欖樹，樹的周圍有建築，這就是房子的格局。

腳下有小噴水池不斷循環響起清亮的潺潺水聲，還有許多睡蓮。水底的石頭是青金石和水晶的美麗組合。睡蓮現在只有葉子，不過等花季到了想必會開很多花。噴水池周圍用馬賽克磁磚覆滿優雅的藍色。磁磚也是古老瓷器的碎片做的，色彩有微妙的不同。我覺得勇的品味絕佳。

我們並肩坐在木製長椅喝茶，長椅做成鞦韆的樣子但是設計簡潔並不奢華。很快就要秋涼，到時也不能在戶外喝茶了。守墓哥一定也會搬回屋裡吧。能在這鎮上以往不知道的新地點看著那樣的季節更迭刻畫時光，不由喜悅湧上心頭。

彷彿沒有在等待的等待。假裝忘記一切只享受眼前。守墓哥和勇正是做這些事的最佳伴侶。

但勇此刻似乎無暇顧及那個。大塊頭的小眼睛，因羞愧的悲色而緊縮。

在旁人看來，和渾身長毛滿嘴哇嗚哇嗚的高大生物並肩坐在一起嗯嗯點頭的我或許才奇怪，但他的聲音一旦聽懂後，就像開始聽懂英文時那樣越來越理解。如今已經完全不需要翻譯機了。

「她愛我的機率相當低。甚至可以說完全沒有。不過，我還是希望她活著。希望她好端端出現在眼前。就算她屬於別的男人也沒關係。」

「抱歉打斷你的精心耍帥，不過小立從小就非常與眾不同，比方說《美女與野獸》，還有之前也提過的《怪物的孩子》、《生之讚歌[9]》，以及什麼貓巴士[10]，她都超喜歡，所以你說不定出乎意料地有希望喔。」

「貓巴士好像是另一個領域吧。雖不知為什麼但那比《生之讚歌》更傷人。

9 《生之讚歌》（きりひと讚歌）：手塚治虫的醫療漫畫。描寫山村出現怪病，病人像野獸一樣想吃生肉，外型也變得像狗。

10 貓巴士：宮崎駿的動畫電影《龍貓》中的虛擬角色，龍貓的交通工具。

當然我很高興能夠和你聊小立小姐的事。」

「我們的對話，好像已經很順暢了。甚至還有了約定。我看先從這樣開始就行了吧。習慣之後，你的外表好像也越來越順眼了。反倒有點擔心你內在的男子氣概沒事吧?因為你簡直就是〈怪物〉這首歌的化身。不信你可以在YouTube看看Pink Lady的影片。那簡直就是你的主題曲。我媽以前很喜歡Pink Lady，所以我才會知道那麼老的歌。或許那堪稱你和小立的主題曲。『有我陪著你什麼都不怕，如果發生事情，就尖叫逃走吧，你的脆弱令人擔心，因為過於善良的心或許會受傷』。歌詞貼切得可怕。如此說來，你們搞不好是典型的天作之合喔——按照榮格的說法。」

我笑了。

「就在這鎮上的話，我認為你之後最好能夠出去走走。一直躲在城堡裡不太好。反正幾乎已經沒人記得以前的事，況且你還可以稍微變裝。昨天我也說過了，你看看人家住持。那副尊容還不是照樣在超市拎著衛生紙。習慣是很厲害的東西。就算他只是露個面就能嚇哭幼稚園小朋友也絲毫不放在心上。我覺得你應該效法他。

只去兒玉叔的冰店和墓地散步這種固定的地點也沒關係，再不然我可以陪你一起去。否則小立就算回來了，你這樣也不能約會吧。即使戀愛進展順利，難不成你打算把小立也關在這城堡裡？恕我冒昧批評令尊一句，邪惡的大地主這種以前的印象應該改變一下了。好歹可以在城堡的院子辦個煮芋頭[11]餐會，招待本地居民，打造出慷慨的大地主這種形象比較好吧？如果有我能幫忙的，我很樂意。就算小立和你沒緣分，至少這點絕對做得到。等你做到了，遺跡或通往異世界的坑洞舊址才有可能成為觀光景點吧。否則一下子湧入一堆觀光客，我看你絕對無法適應。」

11 煮芋頭：本為日本東北地區的鄉土料理，每到秋天就在野外集體用芋頭煮火鍋，現在全國各地都有類似的食譜，也不僅限於秋季，是敦親睦鄰的傳統團體活動。

「我都這個年紀了，自己一個人實在沒勇氣做那種事，不過現在我覺得，如果有你們這對有點樂天的姊妹相助，我或許做得到。」

「最近我覺得，樂天或許是我們家最大的遺產。其實我沒做過煮芋頭，應該做得出來吧。」

「重點在那裡嗎？我想應該沒問題。上網多找幾種食譜，挑個看起來不錯的就行了。我家也有大鍋。」

「起初大家或許不會來，不過久而久之，時代一定會自然改變。最壞的結果也不過是只有兒玉叔夫妻和我們姊妹來，到時就像自家人吃飯那樣吃掉也就是了。那樣關係也會更融洽，如果你再出點錢贊助冰淇淋店改裝，搞不好立刻就把小立雙手奉上送給你喔。」

雖然那應該不可能——我一邊這麼暗想，卻還是如此說道。

「真不可思議。」

勇說著，眼中又恢復了少許自信。

自信會讓人的心靈閃耀光輝，從內在發光。

即使外表異於常人，只要共處片刻就能發現這點。我很喜歡看到人的那種瞬間。

「被你這麼一說，我覺得好像全都做得到了。」

「是吧？因為我也是立刻對你的外表——對，短短兩天就習慣了。」

我把想像中的煮芋頭餐會的情景貼在心牆上。雖然或許不會實現，但至少可以夢想一下吧。

曾經那樣被小孩害怕，被大人視而不見的這座祕密城堡，但願大門開啟的時刻很快就會到來。屆時庭院擠滿了人，小朋友在草坪上四處奔跑，芋頭和大蔥的香味瀰漫四周，大家滿面笑容接納這位新城主。還有觀光客來參觀遺跡及通往異世界的坑洞。

我想遲早會有那樣的一天。很有可能。只要秉持這種開放的信念，必然會實現。

「我有罪惡感，而且執念根深蒂固。總覺得加納甘家的人被本地人厭惡。」

勇說。

「我認為你沒必要只因為是通往異世界之洞的守門人，遺跡在自家門前位置很稀奇，而且又是大地主，就如此卑微。畢竟你擁有『勇』這麼棒的名字，我想你的父母一定也不是那麼壞的人。只不過是習慣不同，我相信絕非本地居民想的那種惡人。」我說。

「算命師也跟我這麼說過。」勇說。

「關於你和小立，她們姊妹是怎麼說的？」

我一邊懷念著那對姊妹一邊問道。

「我怕她們對於小立小姐的事說出殘酷的意見，再次見到小立小姐後，我還沒為這件事去諮詢過。」

勇微笑。

「我好歹去過那裡一次，所以非常理解那種心情。去那裡，本來是為了發現可能性，為什麼心情卻會變得非常緊繃？或許是因為自己內心有點心虛、缺乏自信吧。如果是小立，我想她一定會毫不畏懼地在那個房間坐下。

真的被對方說中了或許就是這種情形。不過，關於你們兩人，一切才剛開始。不用著急。我很想早日看到你和小立在一起。小立要是能趕緊回來就好了。」我說。

聲音彷彿被這個顯然久未聽過人聲的屋子角落吸收。這個空間就像渴求水分一樣渴求人。

這棟房子被森林和遺跡保護、隱藏。無人見過的草坪縱然修剪得整齊美麗也是徒勞。雖有百花綻放卻不知怎的看似廢墟的茂密草木令人心酸。但那種靜謐和空虛之中有種特別神聖澄明的冥想式美感。噴水池的水流也是，越透明清澈就越能感受到勇孤獨與寂靜的世界。

我們順著潮流來到這黑暗寧靜的生活，總覺得，好像正要霸道地加以破壞。就連我這樣粗枝大葉的人，都已明白。

想必和我這樣見面後，不習慣見人的他會身心俱疲地獨自躺下，或者為終於能夠獨處鬆了一口氣吧。

哪怕是再怎麼討厭落單、深夜流淚思念別人的人，長年來已習慣獨處的人就是這樣。

某種事物的開始也是某種事物的結束。

我只能祈求那對勇是好事。

至少我希望，剛認識的我這種想法，不用說出口也已傳達給他。

*

我很久沒在冰淇淋店看店了。

柿子，無花果，葡萄。

秋季風味開始在玻璃櫃中一一出現。季節更迭時就是兒玉叔大顯身手的時候。「今年的柿子冰，因為柿子豐收所以特別好吃。」這樣的說法傳遍大街小巷，所以銷路特別好。

兒玉叔把冷凍庫取出的冰淇淋倒扣出來。漂亮地轉移到玻璃櫃中，決定今天要賣哪種冰。

雅美姨使用和當季冰品同樣的材料煮果醬。店內廚房飄來甜蜜的香氣。連店外馬路都聞得到的這種香氣令路人微笑。

雅美姨按照自古以來的做法煮果醬，沒添加任何東西，做好後一一裝入煮沸過的瓶子貼上手工標籤。這是店內的明星商品，也被選為送人的禮品，一做好就賣得飛快。

我想起在東京時，我和小立會在麵包奢侈地塗滿他們寄來的當季果醬吃。我倆還一邊打趣說，雖然沒什麼錢，至少可以闊綽地享用果醬。

兒玉叔的店，有一種為買不起冰淇淋的孩子準備的特別貨幣。

只要幫忙做家事，或是替老人跑腿買東西，拿著能夠證明的簽名或照片來就能領到「一波爾」。三波爾可以兌換一球冰淇淋。這種貨幣也逐漸擴大到成年人之間，連成年人都經常用波爾取代現金付款。兒玉叔說，這樣等於在天堂存了錢所以沒關係。他還說，反正不缺錢，是為了讓自己一直做冰淇淋不會心生厭倦才想出這種主意。我認為那是非常棒的點子。

每次冰淇淋賣出去，就等於世界變得更好了一點。

我長得越大，就越發現那樣小小的行動改變了此地。也終於明白，兒玉叔在生活中痛失好友與最愛的親戚後，每次都說那是他唯一能對命運做出的復仇這句話真正的意思。

我在這裡一邊打工，漸漸覺得就算要一直等我媽也沒關係。只要坐在櫃檯，就覺得這間店和兒玉叔夫妻可愛得讓我想哭，真懷疑自己之前怎麼捨得離開他們。

「兒玉叔，我可以搬回鎮上嗎？」我說。

「我新認識的朋友家裡經營出租公寓，好像有空房間，所以我打算搬過去住。之後我可以在你這裡打工嗎？工資少一點也沒關係。反正我有存款，也有其他工作。如果待在此地也不需要花太多錢。」

兒玉叔從後方緩緩走出來。動作雖然普通，眼中卻流著淚。然後他緊緊抱住我。

「當然可以，當然可以啊。惡夢已經結束了。我做夢也沒想到，會有這樣的時刻來臨。我還以為你們姊妹恨死這裡了。所以我一直忍耐著，就算再怎麼希望你們這麼做，也絕對不會主動叫你們搬回來。我想，小立一定，一定，也會很快回來。」

連說兩次一定，是寂寞與不安的表徵。我對兒玉叔就和對我爸媽一樣瞭若指掌。

就算我媽不醒，也天天去看她吧。那樣不就好了嗎。終於可以那樣做了。

在這個已經煥然一新、不再不吉利的故鄉。

直到不久前還想像不到會有這一天，所以我彷彿仍在夢中有點恍惚。

沒想到會在這個節骨眼，出現回來的時機！

店內只有冰淇淋的寒氣和各種水果好似調色盤的鮮豔色彩，像裝飾品呈現美妙的統一感。

「冰淇淋店賣的就是夢想，是會融化的虛幻夢想。波爾就是好夢的單位。」我說。

「製造冰淇淋，在現實生活中雖然具體上有種種辛苦，但這裡是個夢幻場所。大家只會來買夢想，店家賣的也是立刻就會融化的甜美夢想。不過我認為那是人生唯一確定的東西。冰淇淋就是象徵那個。我很驕傲自己從事的是最棒的工作。」

兒玉叔微笑。眼角出現以前沒有的皺紋。我的心頭一緊。我想盡量陪伴他。我知道一旦解放了就再也無法遏止的那種心情，將會轉為活力迎向明天。

我以前一定是全身縮得小小的，一心讓時光停止吧。只能那樣做的自己讓我無比憐惜。

就像拳擊手雙手舉到臉前防守並且繃緊全身向前彎腰，保護重要的內臟。

我以前到底在幹什麼啊。

明明世界如此純然地就在眼前。明明所有的門扉一直在那裡。

*

我就這樣過了一天又一天，自從小立消失，轉眼已過了半個月。

那晚睡得很不舒服，我翻來覆去輾轉難眠。毯子彷彿黏在身上很煩人，一再夢見同一個討厭的夢。

我夢見小立的手從樹叢後面冒出。我慌忙緊握那隻手想把她拉出來。那隻手非常冷，簡直不像活人。

我開始害怕，更加用力拉小立的手。結果小立的手像假人的手那樣被扯落，我不禁尖叫。

再不然就是夢見小立的衣服破破爛爛遺落在墓地。我哭著撿起那衣服把臉埋在其中。衣服仍有小立的氣味，我知道事情已無法挽回。還有，我夢見和小立一模一樣的石頭做成銅像似地矗立在漆黑的荒野，我想讓小立的身體復原，又摸又搓不停吹氣，拚命地摩挲那塊石頭。一不小心用了太大的力氣去推那塊石頭，小立的身體就這樣在石頭狀態下粉碎。

一次又一次做那種夢，令我很沮喪。因為太痛苦，我睡眼惺忪地把窗子打開一條縫。清風吹入，帶走室內的污濁空氣。

就在我又要進入八成會重複同樣夢境的不快淺眠時。氣氛突然一變，陰暗暴烈又荒蕪的氛圍一掃而空，四周被光芒籠罩。

「這將是非常累的一天，你快睡吧。」

坐在我面前的爸爸，剝著冷凍橘子看似尋常地對我這麼說。

我和爸爸正在一起搭電車。那是連結東京與最靠近吹上町附近那一站的特急電車。離開小鎮後我搭過很多次，卻沒有小時候和爸爸一起搭車的回憶。窗外有青山和房屋迅速接近又流向後方。匡隆匡隆的聲音聽來悅耳。遠處山脈也閃現眼前隨即消失。就像時光。

「這是哪裡？為什麼我們要搭電車？」我問。

爸爸把剝好的橘子遞一半給我，點頭說話。

那是爸爸的老毛病。只要發現很甜的橘子，幾乎就會下意識地分一半給我們。

「因為我覺得這裡好像比較方便說話。」

因為如果是這個設定就不會難為情，比較方便見面——我聽見另一個聲音這麼說。

我默默吃橘子。橘子很冰，刺激得牙疼。我為之驚訝，同時也感到不可思議，這真的是在夢中嗎？

因為我的確感受到酸味，還有手肘碰觸窗子的冰涼觸感，電車的震動，分明也都很真實。

「我為什麼會累？」我問。

「美美，你變漂亮了。越來越像媽媽。」

爸爸瞇起眼看我，說出不相干的話。

生前害羞的爸爸想必絕對說不出這種話。

所以我不是早就說過了嗎，爸爸，你太愛操心了。我心想。他第一次有女兒，所以到死都對少女心的微妙變化過於神經質吧。

我想認真看清眼前的爸爸卻還是看不見。他的表情在更年輕時和臨死前的樣子來來去去變幻不定，啊，這果然是夢。我非常失落地想。自己才真的像要輕飄飄消失。明明如此明確，明明互相依賴而且在一起，居然不是現實。

但我換個念頭想，不，不對。只要把這個視為現實的某一個面向即可。這樣應該就不會錯失機會沒聽見、沒看見吧。

於是所有事物都精準對焦了。

心靈打造的世界，原來能夠在夢中如此真實地感受到。

爸爸毫不在乎地笑嘻嘻。然後說道：

「這是我為了見你媽媽，從東京坐過很多次的懷念路線。記得替我向媽媽問好。來到這裡，什麼嫉妒全沒了。我希望媽媽還可以做很多很多快樂的事，那樣笑得燦爛如花。希望她用血液循環良好的手腳開拓人生。我不想看到像木乃伊的她。」

「我也想見媽媽。因為現在已經這樣見到爸爸了。」

我微笑。並且鼓起勇氣說。我知道說出這句話之後就要分離，所以非常害怕，但我們只有現在。

「謝謝你為了我們從東京遠道而來。很高興能跟你一起生活。雖然時間短暫。我從爸爸身上得到許多最棒的東西。」

爸爸害羞了，把臉轉向窗外。

然後他幽幽說道：

「接下來會很累，你要吃橘子，保持活力。維他命C是好東西。」

橘子很甜，好像真的讓我湧現力量。比任何食物都有營養，比水更能帶來滋潤。我深切感到這才是天堂的果實。

「你現在就趕緊去吧。那孩子的身體變冷了，就跟那橘子一樣。」

爸爸的語氣異樣平淡，而且一字一字刻意讓我聽清楚似地這麼說。我完全不解其意。

手中是冷凍的、幾乎黏在指間的冰橘子的觸感。

這時我醒了。

爸爸低沉的聲音猶在耳邊。

他最後那句話雖然好像有點無厘頭，但總比問我要吃甜的還是鹹的要好一點吧。我微笑。

＊

醒來的瞬間，我心想「不去不行」。

就算被人覺得我腦子有病也無所謂，我非去不可。

我在睡衣外面套上運動衫匆匆下樓。大聲敲二人的臥室房門。

「兒玉叔，雅美姨，快起床，聽我說。現在必須立刻去店裡！小立好像在那裡。」

這種時候無法篤定說出「小立在」，正是我膽怯之處。

雅美姨似乎在昏暗中坐起上半身搖晃兒玉叔。

我輕輕推開房門。

兒玉叔立刻推開被子跳起來的反應令人動容。

「好，我們走。絕不會錯。」

他說著立刻開燈，拿起車鑰匙，穿上外套。

雅美姨也毫不猶豫。一如往常以安靜優雅的動作迅速披上外套。

我想，這二人是真的無條件相信我們，愛著我們。

並且忽然有預感降臨——我要告別與他們共度的生活了。過去也曾鬧過彆扭渴望被愛尋求父母的替代品做過種種傻事，卻也在店裡幫忙一起吃飯共度了家庭生活。

如今那已來到尾聲。就是那種感覺。為何此刻會察覺這種事？在這確信自己如此被愛的瞬間。

我已經不可能再在這裡生活了。

我清楚地發現了這點。

三人坐上車。深夜的空氣冰冷乾淨，看著車燈照亮的深夜道路，我暗忖這一切該不會是夢吧。

兒玉叔拿鑰匙打開冰店的玻璃門，先進去開燈。

店內好端端的寂靜無聲。

裝冰的盒子也亮晶晶的在黑暗中發光。

兒玉叔和雅美姨在店內四處搜尋。他們說或許會有線索，連辦公室桌上的東西都翻個底朝天。

我深吸一口氣，讓心情鎮定。一定會有什麼才對。

緊閉的雙眼深處可以看見光。我閉著眼，朝那光緩緩前進。走到光旁邊才睜開眼。那裡有最大的冷凍庫。用來放存貨。裡面有很多大盒子。

雪白的手從中伸出。

是小立的手。

「兒玉叔！雅美姨！小立在這裡。快來幫我！」

我大喊，握著小立的手。手像冰淇淋一樣冷。從她的手掌到肩膀不管有多冰冷我還是一路摸過去，抓住胳臂就往外拉。兒玉叔夫妻也過來幫我一把。好幾個裝冰的盒子彈開，小立凍僵的嬌小身體就這麼咻地滑出來了。

「小立，小立！你振作點。」

我灌注全身的熱意抱緊她。

「啊，美美。」

小立用顫抖細微的聲音說。

小立牢牢抱在胸前的另一隻手臂中不知為何有一隻陸龜。這應該不可能是媽媽吧，我很失望。為什麼會有烏龜？但是想到小立，現在已經顧不得那個了。

小立緊抱著那隻龜說什麼都不肯放開，兒玉叔只好從後方的辦公室拽出冬天用的暖爐慌忙插上電，用毯子裹緊小立，連同烏龜一起暖身。

然後我們三人一起摩挲小立的身子。看到兒玉叔做到一半還趕緊去關冷凍庫的門，我記得當下還閃過「叔叔果然很重視冰淇淋」這個念頭。

幾分鐘後，小立慘白的臉恢復紅潤，身體也變得柔軟溫熱。

「像泡發的魷魚乾一樣漸漸變回小立了！」我說。

兒玉叔和雅美姨頻頻點頭落淚。

總之我們都非常想念小立。

昏暗的冰店內，只有我們像待在戰場。

*

我們用毯子裹著小立就這樣直接上車回到兒玉家。

躺在客廳的地暖上一直昏睡的小立隔天醒了（陸龜放進紙箱擺在我房間的窗邊。我連忙上網查閱飼養方法，把幾片高麗菜葉和一碗水一同放進去。陸龜似乎會用來洗澡或喝掉）。

之前明明抱著大徹大悟的心情等待，一看到活生生的小立還是忍不住萬分難過。

「你為什麼要這樣亂來？你想過我會作何感想嗎？小立！」

明知剛起床還無精打采的小立根本聽不進去，我還是忍不住哭訴。

「不准你再做這種事了，絕對不行。下次我真的不原諒你了。」

小立一臉沮喪地沉默片刻，然後說：

「我調查過。真的仔細調查過。還訪問了很多人。也去過加納甘家，找過

『彩虹之家』的算命師。我知道我的能力比你強，所以為了不讓你發現後嚷著要跟來，我好幾次都是當天來回此地，暗中調查本地的傳言。我是偷偷行動。」

「好啊，你居然敢騙我。我完全沒發現。」

「因為你本來就傻傻的。每次不是去打拳擊，就是去打工，或者忙著談戀愛，可趁之機太多了。自從我發現自己的力氣比別人大，我就一直抱著疑問，在調查我們的祖先來源。」

小立笑了。

「欸，可是這樣下去媽媽是不是永遠不會死了，我們也會一下子活一下子死，就像《波族傳奇[12]》那樣？那樣豈不是沒完沒了。這麼難受的心情竟然沒有了結的時候，那太痛苦了。」

即便在那種狀態下，我還是很高興眼前有活生生擁有溫熱身體的小立。我滿腔懷念幾乎落淚，理所當然地，我一直握著小立的小手。

「別提了，根本不是那樣。我一查書籍資料，那個傳言說有異世界人血脈的我在十幾二十歲的時候體力最旺盛，而且做夢型的人派不上用場，只有怪力型的人做得到，必須在媽媽沉睡後的某些年之內，而且她必須有醒過一次的紀錄，在滿月那天在她身旁禱告才行。諸如此類，總之只要各種條件齊備，據說就可以把人叫回來。所以，我心想既然有可能性那只能試試看了，就去醫院在媽媽的病床旁試了一次。否則如果不做豈不是終生後悔？我覺得既然如此不如碰碰運氣。你懂吧？如果美美有那種機會絕對也會試試看吧？」

小立的眼睛炯炯發亮。是的，這是可能性再低都會賭賭看的人才有的眼神。

我點頭。

現在的我，肯定會無懼風險做出同樣的行為。

「你居然能做到身體分解這種事。簡直是標準的女巫了。」我說。

「雖然並沒有那個打算，但好像的確變成那樣了。」

12《波族傳奇》：萩尾望都的漫畫作品。描寫以鮮血與玫瑰為食，永生不死的吸血鬼波特涅爾一族的故事。

小立說。並且用雙掌按著自己的臉頰。

「我不知不覺變成女巫了。想必我已經和原來的我略有不同了。」

「我只要小立能夠近在身邊，好好活著，隨便怎樣都行，怎樣都可以。」我說。

這是我的真心話。不管她是身體一度分解後重新組成的女巫，還是她要和野獸交往，乃至宣告東京的自由生活結束。

在我的人生變化中，我希望小立能夠盡量保持這種個性，僅此而已。

「對了，那隻烏龜是怎麼回事。是異次元的烏龜嗎？你要叫誰養！」我問。

「這件事實在難以啟齒，事實上，目前，這就是媽媽。」

小立說出這單純的四句話的同時，也指向陸龜。

我看著陸龜。牠圓滾滾的眼睛看著我們。

「拜託，這種話怎麼向兒玉叔他們開得了口。意思是像鬼太郎的老爸那樣？或是一種自我安慰的方式？比方說就算醫院裡的媽媽死了，也把牠當成媽媽一直養著？」我說。

「不是啦。是媽媽自己這麼說的。她說身體復原還要再等幾星期，所以現在暫時進入這裡面。我也不敢告訴兒玉叔他們，所以只說從那個世界帶了烏龜回來。其實，這就是媽媽。」小立一本正經說。

我深深嘆了一口氣看著窗外。已經覺得怎樣都無所謂了。

太陽映照乳白色霧氣。那種朦朧的光輝令心情平靜。只覺得，不管發生任何事都沒什麼大不了。

今後將步入秋天，接著是雖然溫暖卻有狂風呼嘯濃霧籠罩的冬天，然後等到百花綻放有點朦朧的溫暖春天結束後，熱情的海邊夏天就會來臨。那是在強烈陽光下彷彿連心靈都被曝晒的本地短暫的夏天。

明年就在守墓哥的樓頂上穿比基尼曬太陽吧。最好小立也一起去。我這麼盤算著。還可以在勇家氣派的中庭弄個庭園啤酒屋。新事物總是讓人有點興奮又緊張。

之後我很想見見守墓哥的戀人。她到底有多麼特別，我實在太好奇了。她出門的機率據說堪比彗星出現，那我們總有一天會見到吧。

我沉浸在那種空想時，烏龜開始在房間裡緩緩漫步。

「這個媽媽，是陸龜吧？和水裡的龜不同，是吃蔬菜的吧？吃高麗菜可以嗎？」我說。

「對對對。美美，你在懷疑吧。這真的是媽媽喔。總之一定要小心照顧。」

小立認真地說。

「那是沒問題啦……」我說。

「美美，你肯定在懷疑。不然你可以問問看只有媽媽才知道的事情。」

「問烏龜？」

「嗯。」

「叫我發問？」

「對對對。我先把昨天雅美姨做的特製果醬拿去給勇。我得向他道謝和道歉。」

「小立，你真的能愛上他嗎？你能夠和勇做愛？不會覺得像和狗或熊睡覺？」

我說。

「談那種事還早。而且他完全是我的菜。沒想到這世上居然有那樣的人。如果今後戀愛順利，我想生很多像小狗一樣的孩子，把那房子塞滿小孩。那樣的人生應該也不錯吧？另外，他那裡還是跟正常人一樣所以沒問題！」

小立笑嘻嘻地這麼說著走出房間，留下我和烏龜。

怎麼，已經試用過了？

我心想。

「不是啦，是我鼓起勇氣用 LINE 問過他本人！」

小立的聲音從樓下傳來。心裡想什麼對方都知道，我們也太有默契了。那絕非心電感應，卻最動人。會感到人類的肉體逐漸契合的漫長時光。

「媽媽，如果你真的是媽媽就回答我。」

我對烏龜說。烏龜睜開眼，但是什麼也沒說。我心想這是理所當然。

「呃，那我問媽媽一個問題。以前我和小立不是跟媽媽一起去旅行過嗎？媽媽發揮可怕的駕駛技術開車。在時尚的溫泉會館。當時去的露天溫泉前面，有山嗎？」

烏龜沒動。

「有海嗎？」

烏龜沒動。

「有湖？」

烏龜沒動。

「有池塘？」

烏龜點頭。

「不會吧，難以置信！怎麼可能！」

我抱頭。

不管怎樣我還是先把烏龜輕輕放回紙箱。並且打開從寵物用品店買來的單薄保溫器。

實在太震撼，無論如何都得先找點事情做。現在只能努力養烏龜了。

同時也覺得嘀咕著「媽媽怕冷所以得保溫……」的自己簡直腦袋壞掉。

＊

是的，當時的事情不知為何就像昨天剛發生似的歷歷在目。

小時候，我和媽媽還有小立去過山那頭的溫泉。

爸爸當時在東京，沒有和我們一起去。就我們母女三人。

坐著媽媽駕駛的小白車，從蜿蜒的山路偶爾可以看見美麗的山腳村莊，我們一邊眺望風景一邊融洽地聊天，打開車窗讓五月的風吹入，沿路唱歌前往那間飯店。

氣候，空中的光線亮度，只有女人的興奮氛圍。

彷彿一切都恰到好處。

那間新蓋好的溫泉會館位於國道旁。附近有看似洋樓的美術館，還帶有一小片清澈的湖泊。我們經過那裡暫時停車，邊喝茶邊眺望被深綠色草坪包圍的湖泊。

之後去溫泉會館辦妥住房登記。那間會館的後方有小樹林和池塘。外牆和內側全部都是雪白的。我們在大廳慢慢休息。按鈴後，會館的員工出來送上啤酒、葡萄酒、冰茶、果汁，想喝什麼飲料都應有盡有。

媽媽喝啤酒，我們喝果汁，喝完就去溫泉池。

從露天溫泉可以清楚看見後方的樹林和池塘。

我是那種非常仔細地洗淨身體才會泡溫泉的人。

可是另外二人只是隨便沖幾下稍微洗過身體，立刻奔向露天溫泉。我一邊佩服他們居然敢那樣直接跳進浴池，也隨後走進露天溫泉。

已經燙得有點臉紅的二人，露出雪白的背部倚靠露天溫泉的柵欄，一臉享受地望著池塘。

我也下水和二人並肩看池塘。

水是溫熱的很乾淨。而池塘就像假的，在午後陽光下閃閃發亮。

「太不可思議了吧？」小立說。

「對吧，不可思議欸。」

媽媽也用陶醉的語氣說。

二人的聲音在露天溫泉的石壁回響，像夢中一樣神祕地重疊。

「這樣看著，好像隨風揚起的波浪去了那邊，可是又好像正朝這邊而來。」小立說。

「的確，怎麼看都不會膩。美如奇蹟。就像電腦繪圖。」媽媽說。

我還無法完全跟上他們的對話，只是一同並肩。

那片池水的確燦爛得不自然。光影形成的無數菱形重疊閃動，連我都開始頭暈目眩。

她倆那種好似懵懂孩童全然不解世事的樣子強烈動搖了我的心。

從小我就經常夢見非常寫實分明是現實發生的情景，那時也因為感覺太怪異，不禁懷疑難道這是在夢中？

我們裸體泡在乾淨的溫泉中，沒有其他人在場。群樹的低語乘風溫柔地響起，鳥鳴啁啾聲音既遠且高，不斷傳來。

我們三人就這樣以眼前池塘的燦爛光芒為話題，漸漸放鬆心神彷彿中了催眠術，心醉神迷地凝視許久。

原來那是會在將來這樣出現的珍貴瞬間，所以才覺得那麼不可思議啊。

謎底解開總是在很久以後。

*

「快起床快起床，美美。」

黎明時我被這麼叫醒，但我隱約知道那其實還是在夢中。

我在夢中做了夢。

在我眼前，被朝陽照耀的裸體媽媽，雖然老了一點，但是外貌和年輕時差不多，正在微笑。

「我有身體了！」媽媽說。

「烏龜呢？」我說。

「你這什麼態度啊，都十幾年沒見了，居然先問這個？你只在意這個？」媽媽說。

「嗯——已經養出感情了嘛……名字也是取的媽媽的名字，叫做愛美。」我睡眼惺忪說。

「烏龜在喔。正在那邊吃高麗菜。不過，以高麗菜為主食不太好。一下子就吃膩了。另外菠菜有很多草酸會肚子痛最好也不要餵，香蕉和蘋果倒是可以。這些都是我的親身感受，是飼養烏龜時的準則喔。」媽媽說。

一看窗邊，烏龜正在專心吃高麗菜。太好了，就算媽媽回來，烏龜也沒有消失。不禁鬆了一口氣的我，很清楚自己在逃避終於見到媽媽的強烈情緒波動。

「媽媽，你趕快找件衣服穿上。」我說。

從枕畔的籃子取出大尺碼的T恤。

媽媽默默穿上，長嘆一口氣。

我暗想，她在呼吸，她活著。真的好懷念。終於漸漸有了真實感。懷念的媽媽環視四周，「接下來怎麼辦。爸爸都已經死了。」她嘟囔。

「啊！媽媽！」

在夢中，睡在雙人床下鋪的小立醒了，立刻跳起來。

「哇！是媽媽，是媽媽！我們成功了！」

她抱緊媽媽。我想，我缺少的永遠是這種天真無邪吧。就算心情動搖還是會強裝鎮定，或許就是長女的特徵。

小立緊摟著媽媽哇哇大哭是非常動人的情景。

晨光中，窗邊有烏龜啃高麗菜葉的喀擦喀擦聲。更遠處是柳樹與群山。

如果打開窗子肯定會有那揉合綠意和海潮氣息的甜美空氣流淌而入。

我很想實際感受那個，也想讓媽媽感受，於是起身把窗子略微打開。

我心想，真是奇怪的冒險，而且一點也不刺激。沒有正義要伸張，也沒有什麼神祕，雖然有很多怪異的事，卻又有點平庸且平淡。冒險之中也有日常，所以或許實際上就是這麼回事吧。

「媽媽，你好像有烏龜的味道。」小立說。

「沒辦法，直到剛才還待在烏龜裡。雖然本來也是那樣過日子，不過那可是澈底的素食兼慢食生活呢。」媽媽說。

一邊輕撫小立的頭。

我心想，真想讓全世界死了母親的孩子看這個夢啊。

如果人能夠這樣隨時往返於兩個世界該多好，那樣就能讓這世上減少不少悲傷了。

「看，我有身體。」

媽媽像突然發現似的說。

「有手，有腳，小腿每次只長一根毛的樣子也沒變。還有胸部，有脖子。」

然後媽媽用手心按著自己的鎖骨，開始不停掉眼淚。

「我活著，現在還能來這裡。可是，為什麼沒有那個人。」

「你是說爸爸？」小立說。

媽媽點頭，嚎啕大哭。

「你肯定還會有男朋友。」我說。

媽媽搖頭，我暗想，騙人。但我沒說出口，只是默默握住她的手。媽媽瘦得皮包骨，整個人都縮水了，但手還是和沉睡時不同，變得熱呼呼的，緬懷之情油然湧現。所以連我都跟著為爸爸的缺席再次傷感。

之前同樣是我們幾人在場時，他明明還在。那個有著粗壯的肩膀，老是嘻皮笑臉，有著悅耳男中音的英俊大叔。

「從現在起，全部都一點一滴重新來過吧。放慢步調生活，一點一點來。我們在這裡，還活著。」小立說。

那句話閃耀光輝如燈籠照亮我們。

我恍惚思索。

都已經向守墓哥提議一起住了，現在卻不得不告訴他「本來死掉的媽媽又回來了，所以兩個房間還是不夠住，我等你家空出三個房間再搬去，抱歉」。

唉，真麻煩。那種麻煩就像光的碎片，看起來可口又漂亮，好想一直想像那個念頭和守墓哥吃驚的表情。他吃驚時真的會瞪著眼張開嘴巴。那種表情很可愛，我超喜歡。

*

然後我被小立搖醒，真的在現實世界醒來了。

有了做夢的能力就無法安心睡覺，頭腦也會混亂。這種能力令人疲憊。很傷神。雖然從小就有這種能力，但我沒有那麼堅強的意志力，可以確保自己在自覺並習慣這樣親身實踐之前不會精神錯亂分不清什麼是現實，所以再次感到說不定會瘋掉。

「美美，醫院打電話來。說媽媽清醒了。」

小立哭了。

「我知道。也知道烏龜還好好活著。」

我睡眼惺忪地如此回答。

「你在說什麼傻話，不過沒關係。烏龜的確也還在那裡。」

小立又哭又笑的臉孔和兒時毫無分別。我們肯定根本沒有成長。人肯定一直不會變。

「快起床去醫院吧，美美。」小立說。

「嗯，起床去醫院吧。去見媽媽。然後又能和媽媽一起生活了。」

我的喉頭倏然冒出聲音。

彷彿是我的聲音從地基牢牢支撐著我的心慌。

*

病房的媽媽，並不像夢中那麼有活力。

她只是微微動了一下吊點滴的細瘦手臂，一邊的眼皮沉重地掀起而已。另一邊的眼皮文風不動。但她的確醒了。

「媽媽，我好愛你！」

小立像幼兒一樣說，也不聽醫生的制止就抱緊媽媽。動作幾乎和夢裡相同。她真的比我強太多了。是她這種反射性的力量把媽媽帶回來的。

年輕的主治醫生很驚訝沉睡病的病人居然還能在十幾年後醒來，並且告訴我和小立，今後的事態發展完全無法預期。

然而，我們早就知道。

找回靈魂的媽媽，今後想必會以驚人的速度恢復。

實際上也的確如此。

每天去看她，協助她做復健，辦理東京的房間退租的手續（反正是小房間，東西也不多），處理搬家事宜，替媽媽備妥衣服和內衣。

小立迅速進入愛情世界（那對我來說是司空見慣的發展，所以秉持多年默契沒管她），從醫院出來就直接和勇去約會的日子也越來越多。有時我開車把二人在勇的城堡大門前放下。二人在門前並肩揮手的模樣已完全像夫妻，令人莞爾。

此處省略亦可，所以那奇妙地緩緩流逝、像夢一樣恍惚充滿幸福的日子，我就不再詳述了。

唯一難過的，是撇下其他沉睡症病人離開醫院時。我從來沒有心情如此沉重。甚至無法不抱著罪惡感過日子，實際上身體也的確變得沉重。

罹患這種病的人幾乎已經沒有了，而且多半選擇在家看護，不過還是有幾個無親無故的老人睡在同一個病房。他們八成不會醒吧，這麼一想就很難受。因為他們沒有一度醒來的過去，也沒有勇敢的小立。

當時，兒玉叔和雅美姨當然說過要把我媽接回他們家，但我們說想交給醫院照顧。那樣無疑能夠減輕兒玉叔夫妻過著簡樸生活兢兢業業做冰淇淋的負擔。我們只拜託他們有空經常過去探望我媽。有市政府出錢（其實是勇出的），照顧得也很妥善，所以我們很放心。

我在前往東京時一度拋棄了媽媽。這點我也很明白。

但我已經沒有罪惡感。因為我發現一切都必須按照這個順序來。是我做出離鄉的判斷，然後小立一直對媽媽的問題耿耿於懷，我倆在這段期間建立了人生基礎，小立儲備力量，我療癒自己的創傷，而彩虹之家的姊妹和守墓哥以及兒玉叔夫妻，乃至我還不認識的人們，就像細菌讓土壤變得肥沃那樣改變了此地。無論少了其中哪一個，我媽想必都回不來。

看著媽媽讓我清楚發現，要進入久未使用的肉體是多麼折磨人。

不過一個月後，媽媽出院了，雖然是坐輪椅。

一鑽上兒玉叔的車，她就滿面笑容說：「雖然承蒙人家照顧不該說這種話，但我實在受夠醫院了，能出院太好了！」

目前還沒有地方住，所以在媽媽能走路之前說好大家一起暫住兒玉家，但就算我們的空間因此變小，我們也完全不介意。

因為我們甚至恨不得時時刻刻黏在媽媽身上。

我們放下工作，每天去植物園漫步在植物之間做復健，在溫室的長椅歇腳。

我也逐漸習慣了媽媽相貌一如年輕時，只是比以前瘦了很多的模樣。媽媽漸漸可以拄著拐杖獨自行走，外出散步的我們看起來就像三姊妹。

我們幾乎天天中午都在植物園溫室的長椅度過。

在透明的秋光籠罩的南國植物園繞下，我們喝茶，吃小飯糰。

被大家再次關愛，慢慢走路，規律用餐，讓媽媽逐漸恢復了。就像洩氣的氣球得到空氣膨脹起來。就像即將枯萎的花一插到水裡就快活地抬頭。

＊

兒玉叔的店裡很忙，守墓哥也客氣地不想打擾我們一家團聚，因此暫時只有媽媽和我、小立以及勇四人舉辦煮芋頭餐會。

藉助媽媽的力量，芋頭煮得非常好吃。如果只有我們幾個小的，八成會上網查閱食譜照著做出辦活動時常煮的那種芋頭湯。

但媽媽詳查資料，特地訂購菊池正太的漫畫《料理仙姬[13]》學習做法。甚至叫勇用十八公升裝的金屬罐改造成爐子，雖然沒有連洗芋頭的裝置都自己做，但她用雞骨和海帶熬出高湯，沒放味醂也沒放酒和味噌，用菇類和芋頭還有大蔥和土雞，煮出一鍋香氣誘人幾乎沁透秋高氣爽的天空的「煮芋頭」——不，是「菇芋湯」。

說到那種美味，簡直想掉眼淚。我用眼角餘光瞄到勇真的偷偷哭了。

「我已經跟小立小姐說過了，大家要不要搬來我這裡住？如果覺得不自在，住到別棟也行。那是客人用的房間，所以有需要的話也可以把牆壁稍微打掉或者重新裝修廚房。如果覺得大理石太冰冷，可以換成拼木地板。」

飽餐菇芋湯後，勇忽然說。

不可思議的是，媽媽從一開始就聽得懂勇說的話。就連小立都對勇說過「起初來你家時什麼都聽不懂只好一直保持微笑」。

「你一直獨自待在家裡，突然那樣改變恐怕會適應不良喲。」

媽媽像諄諄教導又像唱搖籃曲似的說。

「不，我認為變化越大越好。你們不是要掠奪什麼。是來給予的。值得信賴。況且現在正是好時機。反正你們也得在此地找到住的地方。」勇說。

「那可不一定喔，這種感覺會給予的人說不定才是最壞的。也許會奪走肉眼看不見的東西喔。」我說。

「別這樣，話題太深了！」勇說。

「先不說別的，在別人家寄人籬下就不合我的個性。」我說。

唯獨個性沒法改。

「不過，現在我不太想離開小立和媽媽。將來的事誰也不知道，但是暫時想一起生活的心情倒是真的。」

小立和媽媽用力點頭。確認了彼此都有同樣的心情。小立已決定和他結婚，但她說暫時只想一家三口緊密相伴，感覺需要一段時間來調整某些無形的東西。

「我想暫時在勇和媽媽的身邊來來去去，這個家裡如果有媽媽和美美，我知

13《料理仙姬》：以「一升庵」這家百年歷史的日本料理店老闆娘阿仙為主角，介紹日本料理的做法及精神。

道這樣很任性，但我會超幸福。」小立說。

嬌小的身體蘊藏強大的決心和力量。那就是小立。小立一句話就能推動世界。單純又霸道地改變世界的顏色。我喜歡看到那種大膽的色彩。

「就這麼辦吧。只要勇不介意，我和媽媽就暫時借住府上吧。不過，至少要讓我們付一點房租喔。」我說。

「我可以做飯。」媽媽說。

「擁有家人，對我來說就是財富。和愛人的家人一起住對我來說是理所當然。不需要給錢。」勇說。

「既然如此，那你就把我們每個月給的微薄房租存起來。萬一將來離婚或發生意外或者我又生病，就請你把那筆錢全數給小立。」媽媽說。

勇頷首。

這座大城堡門前馬路的銀杏樹還要再過一陣子才會變黃，等我們住在這裡時，這城堡的門口肯定已是金色海洋。

「聽起來簡直像做夢。」媽媽說。

「我從來沒想過，居然會住在恐怖的城堡加納甘家。可以在這個中庭蓋個簡陋的小屋嗎？因為這個城堡整體而言天花板太高，也太大，感覺挺不自在的。」我說。

「中庭是我的精心設計，美美小姐，請你千萬別那樣做。不要動不動就欺負我了。你是明知故問吧？」勇說。

「你這個人，就是會讓人忍不住想欺負一下嘛。不過如果真的可以住在這裡，森林和遺跡就等於是我的院子，想想簡直太棒了。」我說。

雖然植物園變遠了，但每天可以登上古代人打造的山丘。帶著已經變成好朋友的鬥牛犬馬賽琳一起去。如今我和勇甚至搶著要帶牠去散步。

煮芋頭的期間，馬賽琳也一直緊跟著我，好讓我隨時可以倚靠牠的背。我已經不用把臉埋進勇的毛毛了。倚靠他的只有小立就好。

如果住在這裡，就可以從截然不同的角度重新看待這個城鎮。而且人生之中能住在如此有趣場所的機會千載難逢。我正在這麼暗自想著大為心動時，媽媽直視勇，肅然坐正說：

「那麼，我就正式接受你的邀請可以嗎？不管是住在兒玉家，或者我們三人另外租房子，讓小立每天從那裡過來，我都無法想像。我不會隨便去你住的那一棟打擾，一日三餐如果不嫌棄的話我也可以幫忙料理。如果嫌我礙事，我隨時可以搬走。總之現在是我們母女三人在同一個地方生活非常重要的時刻。

不知怎的我現在活著，而且今後也得活下去，既然如此我希望讓此生幸福。女兒幸福，我也幸福，今後我想再次找到生存的意義。那或許就是所謂的活著。現在我想賭在那件事上。而且最重要的，是我想在那上頭慢慢花時間。誰也不知道那種生活能持續多久，誰與誰什麼時候會分開又去了另一個地方。可是現在，總之我們想一起生活。」媽媽說。

勇用力點頭。

「對大家來說或許是久遠以前，對我來說卻是在一瞬間不知不覺就消失的丈夫，我一輩子都忘不了。可我想在這裡變成老奶奶，抱很多孫子，親手推開新世界的一頁。已經能夠說出這種話，是我太冷血嗎？」

媽媽露出望向遠方的迷茫眼神說。

「媽媽既然像浦島太郎一樣再次回到這世界的美好，那我想坦然接受這個事實。我認為這樣才對得起爸爸在天之靈。就連我也是，媽媽在這裡沉睡時我卻身心俱疲去了東京。可是那段日子學到的東西和身心獲得的療癒，會支撐今後的我們。我想有些事情是很無奈的。況且，爸爸也早已原諒了。」我說。

「你怎麼知道？」媽媽說。

「我在夢中見到爸爸了。」

我繼續說道。

「媽媽，媽媽一度醒來又因車禍的衝擊再次沉睡，這表示今後也不是毫無可能再次陷入沉睡吧？」

我邊說不禁潸然落淚。

有媽媽的每一天實在太自然也太舒服了，光是想想就很難過。

但媽媽依然滿臉樂陶陶的笑容，緩緩歪著頭柔聲說：

「是啊，不過真到了那個時候再說。今天就盡情地快樂共度吧。也只能如此。在心中決定已經沒有別無選擇，無論如何，都只能活著。況且我還想抱一大堆有毛毛的小寶寶。你說不定也會生下沒毛的寶寶。寶寶就是未來本身。」

「就算小立那邊，我想沒毛的機率也比較高喔。」

我微笑。

*

去店裡幫忙時，雅美姨說「有人寫信給你」，把那封信交給我。

我當下只好先放進圍裙口袋，等到休息時間才取出來看。

彩虹色信封內，放了一張圓形蕾絲圖案的卡片。

上面寫著「你曾脫離身體到我姊姊體內一遊吧　但願一切圓滿收場☆」。

我想起那個少女眼睛底下的星星，不禁有點毛骨悚然，同時也懷著感謝閉上眼。

我們在彩虹的祈禱中舞動數日。

或許只是這樣而已。

若真是如此，那我對於那對姊妹溝通的神明或某種存在不得不心懷感激。

我也默禱：

「我感到的光芒與花香。在街頭看見的人們愉快的臉龐。吹過天空的輕風飄落撫過臉頰的感覺。傍晚海浪的沙沙作響。海浪拍打堤防的粼粼波光。剝橘子時噴濺出來的汁液。鱗片閃閃發亮的新鮮魚類。濃霧籠罩充滿神祕氣息的清晨空氣的濃淡。但願那些東西都能傳達給那對姊妹。」

祈禱一定能化為彩虹橋通往她的世界吧。

那個妹妹想必會感受到，露出莫測高深的微笑吧。
並且和收到一億日圓時一樣開心。

＊

下週打掉牆壁、重新鋪地板、整修流理臺這些基本上的大改裝也將完工，我們在勇的大房子借用兩個房間，幾乎沒帶行李，開始露營似的生活。

小立住在勇那棟房子，我和媽媽這對娘家代表在別棟各有一個房間。媽媽和我的房間各有浴室，不過寬敞的客廳和廚房是共用的。客廳有大沙發，媽媽用拼布埋頭縫製了一個沙發套，不過距離完成恐怕還要不少時間。但我想那樣的時間就是最好的復健。客廳依照我的希望也有鋪榻榻米的和室。我覺得小立應該會很喜歡賴在那裡。

不過勇的孤獨想必會被澈底沖淡吧。

我們都在衷心期盼小狗……不，小孩出生的日子。大家早已知道，就算只生了一個孩子無法組成足球隊，我們也肯定會一起溺愛那孩子。

＊

我就真正的意味而言理解了媽媽一人的沉睡，是怎樣給其他人的人生落下陰影，儘管如此人仍舊得活下去。

我們吃飯，睡覺，夢想人生。那不能是別人的夢。每人各自活在自己的夢中，別人也得予以尊重。而他人的夢也不能染上自己的色彩，同樣要尊重。彼此相互疊合協調。只能那樣做。我的夢想不是和野獸結婚，也不是陶醉地做拼布，更不是打掃墓地。面向嶄新空氣的來源採取行動，才是我喜歡的。

媽媽一人的清醒，不知帶給世界多少光明。

比方說，就算只是懷著片刻的喜悅走在路上就已經開心過度又哭又笑，只要想到回家後有媽媽在，踏上歸路的步伐就會不知不覺格外輕快。

就像守墓哥只是一心一意打掃墳墓，到處放上花束，就結果而言卻能夠讓我找回人生。

就像小立只是憑著怪力莽撞向前衝，不知放棄地努力行動，就得到媽媽和男人，連一家人的住處都不知不覺有了著落。我也發揮自我吧。用我的愛做成花束，我也要悄悄放在各地。我想打造那樣的人生。

即便腐朽也不消失，縱然枯萎遲早也必會在人們的心中發芽。就算在那一代無法實現，到了下一代不知怎的也會開始發揮力量。那種雖然微小卻強大的夢想魔法的力量，想必人人都有。

*

「媽媽，真的很抱歉。」

那天，小立一個人去東京工作，我和媽媽去植物園，從初冬冰涼的世界驟然進入空氣悶濕如夏的溫室，我倆一如往常在長椅坐下。

我們之間放著媽媽做的小巧可愛的雞蛋三明治，猶如黃色花朵。媽媽做的雞蛋三明治很甜很鬆軟抹了滿滿的奶油。我和小立在東京的住處千方百計想照著做也做不出來。那是只有媽媽做得出來的味道——儘管我們努力熬夜做了無數次，已經吃雞蛋三明治吃到想吐。如今回想起來，在那牆壁單薄的小房間，和小立認真煎蛋的夜晚更令人懷念。

我想小立一定會開心，所以還替她在冰箱留了一份。

「道什麼歉？」媽媽問。

「小立一直說媽媽會醒來，所以我們絕對不能離開，可是我考慮到兒玉叔他們的經濟情況，還有我們的將來，萬一媽媽沒醒來時我們的人生等等問題，還是決定去東京。我逃走了。我知道離開是必要的，所以已經毫無愧疚。可是，我還是想道歉。

雖然真的覺得抱歉，但我們過得非常快樂。在這裡時一直想著車禍的事情，又怕給兒玉叔添麻煩，擔心媽媽萬一不醒怎麼辦，還有那家醫院的睡眠症病人的模樣……那些東西就像迷霧籠罩，讓我們，不，讓我越來越無法思考任何事情。

但我最近發現那全都是因為我活在恐懼中。其實就算是住在這裡一直守在媽媽身旁，我本來都該可以明白的。我和小立不同，是個膽小鬼，請原諒我逃離了媽媽。真的很抱歉。」

結果，媽媽非常驚訝地說：

「幹嘛這樣說？雖然我很高興你為我這麼做。畢竟沉睡是我的人生問題，不是你們的問題。你們只要自由自在地快樂生活，有空來看看我就好，我是這麼想的。不管我是睡是醒，不分任何時候，就連現在也是這麼想。你們如果過得開心，我不也能得到很多活力？

雖然很喜歡曾經是小寶寶的你們，但如果一直是小寶寶也會厭倦吧？你們逐漸成長，展現新的動態的活力，我也根據那力量配合行動。世界就是這樣構成的。時時刻刻都在動，在改變，在流動。品嘗那種滋味就是活著。

或許你覺得這種想法太天真，但是活了很久之後自然就會這麼想。因為就算保持沉默，只要活著，有時還是會身體不好，或者心情消沉，或是和親近的人發生口角，那樣久而久之不知哪天就會有離別的時刻降臨。不都是這樣嗎？所以就會變得打從心底期盼自己喜歡的人能夠開開心心。」

媽媽說完就大口吃雞蛋三明治。嘴角還沾著蛋黃的碎屑。

她活著，我想。好想永遠看著媽媽的嘴巴蠕動。仙人掌、酒瓶椰子、九重葛、姑婆芋以南國的氛圍保護我們免於深秋的冰冷氣息。

我應該會開心迎接今後將帶著蕭瑟氣息降臨的冬天和冰凍的空氣、濃霧瀰漫的季節吧。

不過，如今暫時這樣就好，我想連同雞蛋三明治一起品嘗生命本身。察覺自己還能品嘗這麼美好的事物，我滿懷喜悅。因為我失去那種颯爽行動力的精神不知幾時本來已經瀕臨死亡了。

＊

「欸，要是沒有美美，我絕對絕對無法找回媽媽。」

我在老家整理房間準備搬家，小立懶洋洋躺在雙人床的下鋪如此說道。

小立的東西向來比我少，所以早就整理好了。她本來就是連衣服也不留的人，衣服做好了穿膩就扔掉，不然就是穿樣品。是個非常注重經濟實惠的人。

我和她不同，累積了一大堆書本舊T恤什麼的，只好費力氣去收拾。連小學時的短褲和水槍這種留了也沒用的東西都找出很多，現在正在逐一扔進垃圾袋。

「不，是你厲害，小立。你那種行動力、天真無邪、堅強的意志。無論哪一點我都比不上。我是真心這麼覺得。」我說。

「那是因為有美美在。因為有美美才能發揮直覺，自己也才能行動。我一直在黑暗中看著你的光芒。以免讓自己走錯方向。你永遠像那次看到的飛碟一樣閃耀虹光。要是沒有那個，我一定會輕易迷路，再也回不來。」小立說。

我回答：「是因為我去過彩虹之家嗎？」

「所以才讓你有了自信啊。但並不是那樣。你就像黑夜中的海上燈塔。每當我的心神出問題幾乎消失，那道光芒就會在意外的方向出現照亮我。在只有意識的世界裡，感情會像夢中的世界那樣被放大。感情往往尖銳得足以殺死自己。過去做過的不好的事情，或是因為自己太遲鈍傷害到別人的記憶，諸如此類很多事情一股腦湧來幾乎把我壓垮時，只要尋找你的光芒，那裡一定會有你存在。雖然美美只是在黑暗中閃耀，但光是那樣就足以讓我起死回生。能夠那樣存在，就已足夠。哪怕你個性膽怯，意外地粗魯，任性妄為。只要你在就夠了。我已得到拯救。」

小立沒看我（不是因為害羞，是個性大而化之。她就是這種人），依舊看著雜誌說。她在今後想做的衣服那一頁折個三角。今後的事，雖然渺小卻散發嶄新光芒的碎片。

小立的頭髮垂落臉龐晃動。那證明她現在活在這裡。只能在短暫期間擁有身體遨遊這個世界的我們。因為在呼吸，肚子隨之微微起伏。因為活著，睫毛邊上略微沾了眼屎。

那一切彷彿突然都有了色彩，回到我的灰色世界。

「就是最後的結果讓我有點在意。」我說。

「小立，你就那樣輕易、倉促地決定人生伴侶真的好嗎？經濟上也靠人家資助。老實說，我有點心虛。」

「只要多幫忙就行了，各方面都是，一起邊幫忙邊堅持做下去就行了。我是打算自己付水電瓦斯費，所以已經請他裝了電表和水表。不過如果將來被趕出去，或者勇破產，又或者我討厭他，他討厭我了，那我們母女三人就再去別的地方另找住處吧。不過那只是想像，我覺得不能再讓勇一個人孤單下去了，所以應該沒問題。今後如果媽媽談戀愛或者再婚，美美你也厭煩了勇家搬出去，就把那裡當成你們在此地的另一個老家就好了。」

小立笑嘻嘻地說。

一個一個被容許，把那逐一變成自己的優點。一點一滴鬆綁。

自己或許傷害過這些人的壞毛病也幾乎融入宇宙。我想活在這些人遠比我看待自己更溫柔的偏心目光之下。那樣或許我會更喜歡自己，也能為這些人，為其他我喜歡的人，做出更多的好事。

我也要那樣寬容待人，原諒別人。用那種力量推動對方，讓空氣動起來。就這樣出現變化，朝著夢想之風吹動的方向動起來。大自然，宇宙，互相嬉戲。這就是人生。

「如果只要存在就夠了，那麼或許走得下去吧。」我說。

像昔日趴在長滿白三葉草的原野上找糰子蟲的時代那樣率真地這麼想。

整理完東西之後接著該做什麼呢？搬進那裡後不知有怎樣的日常冒險在等著？心裡只剩下對未知的期待。

在那棟奇怪的城堡中發生的日常冒險奇譚，彷彿童話的真實故事，今後將要開始。

坐在一堆紙箱中，我夢想著那樣的未知。

後記

我居然會寫奇幻故事，看來世界末日也到了。

今後，我想老實讓路給活在這個辛苦時代的年輕人。並且成為一個可以讓人覺得「哇，還有這麼酷的老太太在，那自己也要加油」的人，從旁支持他們。

我從以前就很想描寫虛擬世界，但我覺得自己已經夠逃避現實了，還是擷取一點現實或許比較能夠保持平衡，所以長年來一直沒碰這個題材。

可是到了當今這種時代，好像已經只有這種東西能夠帶給人心力量了。

正因如此，我希望讀者看這本書時會覺得「這些人好像只是嘀嘀咕咕一直碎碎念，但是不知怎的看了心情很平靜」、「如果真有這種人，說不定可以成為朋友，或許也會更容易活下去」，也希望我的寫法，能夠給這樣想的讀者帶來魔法，在大家的心中注入生命活水。這是我耗費五十年才習得的祕密寫法。

這系列小說與其稱為奇幻小說或許該稱為哲學恐怖小說，沒有高潮迭起，主角們只是一邊絮叨一邊順其自然走下去，這點我認為和拙作《王國》系列很像。但願讀者們能抱著這種心態看下去。

這是在我人生中也佔據相當重要位置的系列作，因此我希望藉由對我人生很重要的人物——原真澄先生的插畫和中島英樹先生的設計，在堪稱原點的地方開始。很高興這個心願能夠實現。

也謝謝長年共事的幻冬社石原正康先生和壺井圓小姐，讓本書得以問世。

還有什麼比這更幸福？

從事這份孤獨的工作，多虧有這些人一直在身旁支持我，我想衷心說聲謝謝。如果有神，我也想感謝神明助我實現如此宏願。

回想起來，這三十年我一直寫作不輟，並且經營自己的事務所。

這本小說之後，我將半隱退地變成一個人。我打從心底感謝這些年在事務所與我共事的所有人。

這是頭一遭，頗為不捨。

然而，我已經到了一定的年齡，知道步入新的階段是好事，並且在那之後終有一天離開人世。

在我的人生中傷害過許多人，但我敢自信地說，唯有我的小說拯救過人們。是各界讀者餽贈的溫馨感言和親身經歷，讓我刻骨銘心地理解這點。在某一刻某一晚，他們讓我感到，我的書的確試圖幫助那些人的靈魂。這些年我謙卑努力走過的路，如今回首已成花海。

敬請期待第二話〈丼飯〉！

如果不介意，也請把這些各有怪癖的笨拙人物當成知心好友。這些人不是我創造的人物，他們今天也活在那個城鎮。

藍小說 854

吹上奇譚1：美美與小立

作者—吉本芭娜娜
譯者—劉子倩
編輯—張瑋庭
美術設計—Dyin Li
內頁排版—芯澤有限公司

總編輯—嘉世強
董事長—趙政岷
出版者—時報文化出版企業股份有限公司
108019臺北市和平西路三段二四〇號三樓
發行專線—（〇二）二三〇六六八四二
讀者服務專線—〇八〇〇二三一七〇五・（〇二）二三〇四七一〇三
讀者服務傳真—（〇二）二三〇四六八五八
郵撥—一九三四四七二四時報文化出版公司
信箱—（一〇八九九）臺北華江橋郵局第九九信箱

時報悅讀網—http://www.readingtimes.com.tw
電子郵件信箱—liter@readingtimes.com.tw
法律顧問—理律法律事務所　陳長文律師、李念祖律師
印刷—勁達印刷有限公司
初版一刷—二〇二五年一月二十四日
初版三刷—二〇二五年三月四日
定價—新臺幣三五〇元
（缺頁或破損的書，請寄回更換）

時報文化出版公司成立於一九七五年，
並於一九九九年股票上櫃公開發行，於二〇〇八年脫離中時集團非屬旺中，
以「尊重智慧與創意的文化事業」為信念。

吹上奇譚1：美美與小立／吉本芭娜娜著；劉子倩譯. – 初版. – 臺北市：時報文化, 2025.1
面；　公分. –（藍小說；854）

ISBN 978-626-419-157-9

861.57　　113019988

ISBN 978-626-419-157-9
Printed in Taiwan